Esther Donkor
*** SESSIONS ***
Und parallel geht die Welt unter

www.esthersiesta.com

Für Dich, meine Muse.
Mit Respekt und Dankbarkeit.

ESTHER DONKOR

...UND PARALLEL GEHT DIE WELT UNTER

Bibliografische Information der Deutschen Nationalbibliothek: Die Deutsche Nationalbibliothek verzeichnet diese Publikation in der Deutschen Nationalbibliografie; detaillierte bibliografische Daten sind im Internet über http://dnb.dnb.de abrufbar.

© 2016 Esther Donkor

Fotografie:	Tamara Bertran
Body-Typografie *Inescapable*:	Skor72
Layout:	Alexander Mau

Herstellung und Verlag: BoD – Books on Demand, Norderstedt

ISBN: 978-3-7431-4120-9

MIX
Papier aus verantwortungsvollen Quellen
Paper from responsible sources
FSC® C105338

SESSIONS

NICHT MAL *KING OF QUEENS* LÄUFT **9**

DIE EINE VOM MORGEN **12**

MENTOR HASE **15**

WEED UND WEISSWEIN **18**

ICH BRAUCH MAL BIER **21**

KOMPLEXE **25**

ICH WOLLTE DIR MEINE LIEBE GESTEHEN, DOCH JETZT BIST DU EIN ZOMBIE **28**

SONST ENDEST DU WIE FRAU HAMMERSCHMIDT **30**

FANTASIE UND FEUCHTE TRÄUME **34**

FUCKING REFUGEES **37**

HUMMELN IM ARSCH **46**

BRUDER, MUSS LOS **50**

MALLE **52**

DER DEALER UND DIE TOTE **55**

FLOSKELN **58**

NEIN HEISST NEIN **61**

KOMMST DU ODER KOMMST DU NICHT? **65**

GASTRO **70**

FEIERABEND **73**

DISTANZ **76**

BILD DIR DEINE MEINUNG **83**

TANTE BETH **86**

MILLENIUM BITCH **89**

GROSSRAUMBÜRO **95**

NOCHE DE SAN JUAN **109**

ESO-KRAM **114**

SCHÖN **117**

SCHNURSTRACKS IN DIE FREIHEIT **120**

NO-FICTION REMIX **124**

LESEEMPFEHLUNG **127**

»Auch das glücklichste Leben ist nicht ohne ein gewisses Maß an Dunkelheit denkbar«
(Carl Gustav Jung)

NICHT MAL KING OF QUEENS LÄUFT

Zehnter September 2001. Wir hatten heute Deutsch. Ich habe das Buch nicht gelesen und die dumme Frau Gans war voll angepisst. Ehrlich, Mann? Kein Schwein liest heute noch Bücher!

Dann hatten wir Sport bei Herr Kobold. Ich hasse diesen perversen Lehrer! Ich hasse ihn! Ich hasse Sport! So kein Bock!

Erstens: Ich hatte kein Sportzeug dabei und hab mit Jeans gemacht. Da fragt der Pennerlehrer ernsthaft, ob ich kein Bock auf Sport habe!

Zweitens: Basketball! Ich hasse Basketball! Als wir bei diesem Scheißbasketball Passen geübt haben, flog der Scheißball gegen meinen Mittelfinger an der linken Hand. Das tat höllisch weh! Der Scheißwichser von Lehrer kam nur kurz gucken und meinte, ich soll Wasser drauf tun. Das war's. Boah, ich musste heulen! Aber nicht vor Schmerz, sondern aus Wut. Ich bin so eine Niete in Sport! Der Finger wurde ganz dick und blau und ich kann ihn nicht mehr bewegen. Scheiße! Nur Pech in der Schule.

Elfter September 2001. Ich war beim Orthopäden, der hat mir eiskalt einen Gips verpasst. Boah, voll übertrieben! Mit sechzehn den ersten Gips meines Lebens, weil mein Mittelfinger angebrochen ist. Angebrochen! Das gibt's ja wohl nicht! Was soll ich jetzt machen? Ich brauche Hilfe! Anziehen, waschen, schminken, alles! Und meine Haare! Wie soll ich die mir jetzt glätten? Boah! Und in Amerika ist die Hölle los. In Manhattan wurden mehrere der höchsten Hochhäuser (ich glaube *World Trade Center* heißen die) und in Washington das Pentagon durch Terroranschläge zerstört. Tausende von Toten. Es wird so ein *palästinischer* Führer des Attentats beschuldigt. Osama Bin Laden, oder so. Schrecklich! Da wurden Flugzeuge entführt und mitsamt der Passagiere gegen die Wolkenkratzer gejagt. Alles neben dem Empire State Building. Auf jedem einzelnen Kanal im TV wird darüber berichtet. Nicht mal *King of Queens* läuft. Einfach furchtbar! Ist das der Anfang vom dritten Weltkrieg? Stell dir vor, ich habe meine Zukunftspläne umsonst gemacht! Ich wollte doch eine Band gründen und berühmt werden. Und im Medienbereich arbeiten. Und mit dem süßen Alex knutschen. Stell dir mal vor, jetzt käme Krieg! Man ist nirgends mehr sicher auf dieser Welt. Es könnte auch Deutschland treffen! Es gibt genug Kranke auf der Welt! Unglaublich. Ich habe Angst.

Zwölfter September 2001. Heute fand ein Gedenkgottesdienst im Dom statt, um für die Toten in Amerika zu trauern. Wer wollte, konnte sich für ein paar Stunden in der Schule abmelden und hinfahren. Kevin, Alex, Jenny und ich fuhren hin. Kein Bock auf Mathe. Es war sehr traurig und bewegend im Dom. Viele weinten und Leute waren dabei, die ihre Angehörigen verloren haben. Auf dem Hinweg hat es geregnet und es war windig auf der Domplatte. Ich hatte meinen rosa Schirm mit. Irgendwann kam dann plötzlich der Alex neben mich unter meinen Schirm. Cool und bisschen romantisch, ganz nah mit dem süßen Alex unterm Regenschirm. Ich war ihm zwar schon näher auf der Abschlussfahrt 2000, wo ich seinen sexy Body fühlen durfte, den Sixpack, oder als wir so taten, als wären wir zusammen, um an den Lehrern vorbeizuschleichen, um noch mehr Alk zu kaufen. Aber da waren wir besoffen und heute nüchtern. Das war schön. Nach dem Gottesdienst sind wir noch durch die Stadt und dann nach Mülheim, Keupstraße. Die Jungs haben sich jeder ein halbes Fladenbrot mit Döner geholt. Mein Gott, passt bei denen viel rein. Zu Deutsch waren wir wieder in der Schule. Boah, mein Gips ist voll unprofessionell gemacht! Der Finger wackelt. Morgen beschwere ich mich bei diesem behinderten Arzt. Es laufen immer noch Sondersendungen zu diesem Terrorthema und in der Schule wird im Unterricht darüber diskutiert. Aber gut, Hauptsache kein Physik. Auf Osama Bin Laden ist 580 Millionen Dollar Kopfgeld ausgesetzt. Ich frage mich, wie unsere Zukunft wohl aussieht. Ich muss das Leben so viel genießen, wie es nur geht.

DIE EINE VOM MORGEN

Heute Morgen war dieser dunkle Nebel wieder da und wollte sich nicht verziehen. Sie schrieb ne Mail an die Arbeit, *bin krank*, und blieb im Bett liegen.
Richtig miese Depriphase. Sie hat sich selbst fertig gemacht. Wegen dem Stress und der Angst und dem Weltschmerz. Wegen all dem abgefuckten Elend und weil sie bald dreißig wird. Und auch wegen der Sehnsucht, so. Allgemein, so.
Aber irgendwann isse doch aufgestanden. Bisschen Sport gemacht mit *YouTube*, geduscht, Kaffee mit Milch. Und dann saß sie am offenen Fenster in der Sonne, den ganzen Vormittag lang. Saß einfach nur da mit Kippen und nem Gläschen vom Weißen als Schorle zum Frühstück. *Fette Selbstgönnung* und der Tag ist überstanden. *Bäm!*
Jetzt steht sie hier mitten in der Menge und ihr geht's wieder ganz gut. Manische Phase? *Egal, scheiß drauf! Party!* Einer reicht ihr nen Stummel. Die letzten drei Züge. Das Zeug ballert. Er zappelt, fragt nach nem Schluck von ihrem Bier und entschuldigt sich. *Bin voll auf MDMA.*
Diese neue Kollegin ist dabei. Ledig, Single, keine Kinder. Auf der Suche nach nem Mann, hat schon in München, Hamburg, und Berlin gewohnt und da gesucht und gesucht und keinen gefunden. *Ich will halt gejagt werden*, sagt die Kollegin.

Die wenigsten Männer jagen heute noch, denkt die Eine vom Morgen, aber sie traut sich nicht, es der Kollegin zu sagen, weil die beiden sich noch nicht lange genug kennen.

Auf der Bühne freestylt so ein Rothaariger darüber, wie hart doch das Leben ist, wie man irgendwie immer struggeln muss und die Eine vom Morgen denkt, *ja, isso.*
Und dann reimt der Typ so Lines:
Mein Tag begann heut Morgen um sieben, aber ich bin nicht liegen geblieben, yeah!
Und das trifft die Eine vom Morgen voll ins Herz, so. Weil sie ist ja heute Morgen auch aufgestanden, obwohl sie liegenbleiben wollte. Aber sie hat weitergemacht, *yeah!*
Später sitzt ihr Kumpel mit nem Mädel zusammen, voll intensives Gespräch. Augenkontakt, dies-das. Als er merkt, dass die Eine vom Morgen das mitkriegt, versucht er sich zu erklären, *das ist jetzt nicht der Flirtmodus.*
Vielleicht hat er ein schlechtes Gewissen, weil er ja ne Freundin hat. *Mir doch egal*, denkt die Eine vom Morgen. *Das Leben und die Liebe sind kompliziert genug.*
Musst dich nicht rechtfertigen, Alter. Und dann fängt er an zu heulen. Wegen unserer Gesellschaft und seiner Freundin. *Die würde sofort nach Brüssel ziehen für ihren Job und hat sich sogar in Bayern beworben. Die würde sofort wegziehen, alles hinter sich lassen, um mindestens vierzig Stunden jede Woche im Hamsterrad von nem Großunternehmen zu strampeln.*

Und der Kumpel heult. Richtig mit Tränen, so. Der will das einfach nicht.
Ich will einfach nicht weg aus der Stadt, sagt er.
Weil du es nicht kannst, Alter, ruft die Eine vom Morgen dazwischen.

MENTOR HASE

You know I smoked a lot of grass
Oh lord I popped a lot of pills
But I never touched nothin'
that my spirit could kill[1]

Erzähl mir nicht, ich soll aufhören zu rauchen, wenn du dir Abend für Abend dein Bierchen gönnst. Den Rotwein, die Weißweinschorle und wenn Besuch kommt, den guten russischen Wodka. Erzähl mir nichts! Nichts vom Zeitalter des Wassermanns und schon gar nicht, dass es vorbei ist. Mit uns.
Setz dich lieber auf deine vier Buchstaben und hör mir - verdammt nochmal - zu.
Morgens komm ich nicht aus dem Bett und abends nicht hinein. Will schlafen, wenn ich wach sein muss und denken, wenn ich schlafen soll. Müde bin ich, so wahnsinnig müde.
Meinten die Maya nicht, Zwanzig-Zwölf geht die Welt unter? Aber wir sitzen immer noch hier. Nichts hat sich geändert. Und nichts glänzt so schön neu.
Du sagst, du fühlst dich anders. Und ich fühle mich auch anders. Als ob das alles keinen Sinn mehr macht. Aber der Hase ist da. Auf den kann ich mich verlassen. Der zeigt mir nämlich, dass es da noch etwas anderes gibt.

---

[1] Steppenwolf: »The Pusher« (1968)

Mehr als den stinkenden Dreck der hedonistischen Tretmühle, in der wir beide festklemmen.

Aber Hasen schlagen Haken, und so zeigt er mir nicht, was es ist, dieses Mehr. Er lockt mich in seinen Irrgarten. Immer wieder, immer tiefer hinein.

Und trotzdem, der Hase gibt mir Halt. Und du ja auch. Also erzähl mir nichts!

Ich hab's ja versucht. Wirklich. Jeden verdammten Tag. Mantras: *Ich bin ein Fels in der Brandung. Ich akzeptiere mich, so wie ich bin. Ich akzeptiere die anderen, so wie sie sind. Ich nehme das Leben hin, wie es ist. Klar und wach.* Aber im Grunde will ich nur schlafen. Schlafen und vergessen. Müder Körper. Steife Glieder.

Der Winter war lang und diese abgefuckte Grippe. Der Horror. Da ging gar nix, da habe ich echt abgebaut. War aber auch erholsam, muss ich schon sagen. Habe viel geschlafen. Habe das einfach mal zugelassen, das Ausruhen. Ging ja auch nicht anders. Und Schlaf reinigt. Schlaf befreit.

Aber selbst in dieser Phase der Regeneration, als es mir nur ein Fünkchen besser ging, musste ich Tee-Rezepte googeln. Hase, Pfefferminz und Kokosöl, weil Fett den Hasen freilässt.

Ans Rauchen war nicht zu denken, nein. Meine Lunge war ja total gefickt. Voll der Husten, alles verschleimt. Aber ich war schon so lange nüchtern, nüchtern und krank. Das führt hier früher oder später einfach zur Depression. Ich glaube, du Schluckspecht kannst davon ein feines Liedchen trällern. Kannste ruhig zugeben.

Ich meine, im Krankenhaus wirst du auch mit Drogen vollgepumpt, ganz einfach, damit du das irgendwie aushältst. Dieses Rumliegen die ganze Zeit, nichts tun können, weil man zu schwach ist für das Leben.

Und ich war schwach. Nur fernsehen ging. Aber dann immer die Bomben und die Wirtschaft und die dramatische Musik. Und dann die Paranoia: *Was ist, wenn ich nie mehr gesund werde? Was ist, wenn es das jetzt war?* So eine Scheiße. Das hältst du nüchtern doch gar nicht aus.

Und jetzt hocke ich schon wieder hier an einem verdammten Abend mitten in der Woche. Mitten in der Nacht. Ich und der Hase. Der Hase und ich. Und du. Natürlich. Und wenn wir hier schon sitzen, dann lass mich dir -verdammt nochmal - auch ein paar gute Geschichten erzählen: Geschichten von dieser ersten Stufe auf dem Weg zur Erleuchtung, auf der wir beide festkleben. Und dann können wir zum Hasen guten Gewissens auch die Flasche aus dem Kühlschrank holen. Und die Eiswürfel. So ein guter Schluck hat noch keinem kreativen Geist geschadet. Hauptsache *du* erzählst mir nicht mehr, dass es vorbei ist.

Trink! Der Kopf ist erst morgen wieder Matsch. Der Antrieb verloren. All die Hoffnungen vergessen.

WEED UND WEISSWEIN

Ich hatte eine gewisse Begabung zur Freundschaft, doch Freunde hatte ich nie, entweder sie waren nicht vorhanden, oder das, was ich unter Freundschaft verstand, war ein Irrtum meiner Träume. Ich habe immer einsam gelebt, und je einsamer ich war, desto klarer sah ich.[2]

Sie meinte, *in unserem Alter ist das auch gar nicht mehr so üblich, ne neue, coole Freundin kennenzulernen. Aber das mit uns ist safe.*
Sie brachte Blumen mit. Freesien und Schleierkraut heißen die. Und sie hat Kekse gebacken, die so wunderbar high machten, dass wir uns wirklich und wahrhaftig frei fühlten.
Wir haben eine Menge gemeinsam. Sie schreibt auch in Ideenbücher, seit Jahren schon. Mit potenziellen Kindernamen und Plänen für ihre Hochzeit. Falls sie überhaupt mal heiratet, soll es Feuerspucker geben und eine Band. Das volle Programm. Wenn schon, denn schon. Aber erstmal nen Typen finden und Träume leben. Wie auch immer.
Sie steckt auch im Zwiespalt fest. Gefangen zwischen Pflicht und Kunst muss sie ihr Leben auf die Reihe kriegen. Geld scheffeln. Rechnungen und Schulden bezah-

---

[2] Pessoa, Fernando: Das Buch der Unruhe. Frankfurt 2012, S. 312

len. Überleben. Aber dann ist da auch noch die Leidenschaft. Unsere liebe Leidenschaft.

Wir trinken Weißwein und rauchen Weed, sitzen auf dem Dach in der Sonne, blicken über die Stadt und tauchen tief. Wir reden darüber, dass jeder Mensch, den du triffst, dein Spiegel ist. Reden über Selbstliebe und über die Sache mit der Konzentration. *Wir Menschen leben in einer Gesellschaft, die uns ablenkt und das fortwährend. Laut einer Studie befinden wir uns immer nur maximal drei Sekunden im Hier und Jetzt, im Moment. Drei Sekunden. Den Rest sind wir woanders und merken's nicht mal.*

Und wir schweigen, ohne dass es peinlich wird. Rauchen Weed und trinken Wein in der Dämmerung und das Herz schlägt schneller vor lauter Happiness.

Das mit uns ist safe, sagt sie und lacht.

Das mit uns ist safe.

Trinken Wein und rauchen Weed und machen Ausflüge in fremde Städte. Treibenlassen. Und weiterreden. Über die Philosophie. *Sein oder Haben? Haben oder Sein?* Gespräche über die Liebe und das Besitzenwollen. Wie leicht man das verwechseln kann. Wie schwierig das Loslassen doch ist. Gespräche über Geduld und Langmut und darüber, dass du genau das in dein Leben ziehst, an was du denkst. Wespen, zum Beispiel. Oder Steckenbleiben im Tunnel, Steckenbleiben in der Scheiße, wenn dich die Realität immer tiefer runterzieht.

Aber das mit uns ist safe?

Die Flasche ist halb leer und der Kopf fühlt sich dumpf an mit so nem hellknirschenden Fiepen in den Ohren. Reden. Über Probleme. Früher oder später reden Frauen immer über Probleme. Und der Himmel färbt sich milchig. Und der Himmel färbt sich grau.
Wir stellen uns Fragen, auf die wir die Antwort nicht kennen. Wir stellen Fragen, deren Antworten wir nicht hören wollen.
Warum gerade ich? Warum gerade du? Wie komme ich hier raus? Wie soll ich das nur schaffen? Warum meldest du dich nicht? Warum hilft mir keiner? Warum tut das alles so verdammt weh? Was denkst du gerade? Wie geht es dir? Warum hast du mich verlassen?
Und das mit uns?
Ist safe.
Vertrau mir.

ICH BRAUCH MAL BIER

Stehen drei zusammen.
Sagt der Erste: Also Geld ist keine schlechte Idee eigentlich.
Die Zweite nickt: Na klar, das erleichtert den Tausch.
Der Dritte: Es kommt nur auf die Aufteilung an. Wir leben in einem Turbokapitalismus. Kapitalismus heißt ja nicht direkt unfair sein. Es würde ja auch gemäßigten Kapitalismus geben. Es gibt ne Obergrenze und es wird relativ fair aufgeteilt. Dass du nie alles gleich halten kannst, das ist nun mal so. Weil jeder Mensch ist nicht gleich.
Der Erste wieder: Das ist ja auch okay. Ich meine, es bringt uns ja auch was, wenn wir Menschen fördern, die viel Leistung bringen. Das bringt ja der Gesellschaft auch was. Deswegen werden manche Menschen halt reich. In den meisten Fällen sind die auch keine Hurensöhne, sondern die haben wirklich was gemacht.
Der Dritte: Ja, und die leben nach Visionen. Ich glaube nicht, dass so'n Steve Jobs zum Beispiel nur die Kohle wollte.
Da gibt der Erste ihm Recht und sagt: Nein auf keinen Fall. Das sind die krassesten Leute, die voll ihr Leben verwirklicht haben. Da kommen halt die Hurensöhne dazu, die nur so ne kleine Sache erfunden haben und dann ultraviel Geld von irgendwelchen fetten Firmen bekommen. So wie *WhatsApp* erfinden. Ist nix Tolles.

Der Dritte räumt ein: Aber das ist was Revolutionäres gewesen.

Der Erste ist da anderer Meinung: Naja, das ist eigentlich überhaupt nicht revolutionär.

Jetzt wagt sich die Zweite auch mal und sagt: Nur wegen dem Netzeffekt. Wenn das genug Leute nutzen, dann macht das auch Sinn.

Der Dritte wieder: Ich meine, die krassesten Ideen sind immer die einfachsten. Die krassesten Songs sind immer die einfachsten.

Der Erste holt tief Luft. Dann wettert er los: Das ist doch so ne kranke Story mit *WhatsApp*. *WhatsApp* kommt ja von *what's up* und deswegen wollte der Erfinder ne App haben, wo seine Freunde so posten, einfach nur nen Status darüber, was gerade bei denen abgeht, so. Das war überhaupt gar keine Chat-App zuerst. Und dann ist das so gewachsen daraus. Nach dem Motto, *wär cool wenn ich den jetzt so antexten könnte.* Daraus ist das dann entstanden. Erst war das nur so ein Müll, ey.

Die Zweite bringt sich nochmal ein: Facebook war ja auch so. Ist immer noch so, aber am Anfang war das ja so *hot or not*.

Der Dritte: Aber wir leben ja alle selbstbestimmt. Jeder kann im Endeffekt machen was er will.

Dazu kann die Zweite was sagen: Ja, bis zu nem gewissen Grad. Zum Beispiel ohne Konto leben ist echt schwer. Ich meine, wirklich schwer. Ich hab das mal versucht und es war echt hart. Du kommst an Grenzen.

Ich wollte mich bei so einer Bank anmelden, die mit deinen Zinsen nur gute Projekte unterstützt und gemeinnützig arbeitet. Davon gibt's ein paar in der Schweiz und ich wollte dahin wechseln. Aber das macht gar keinen Sinn, weil ich dann in Deutschland kein Geld abheben kann, nur mit megahohen Kosten. Und dann hab ich ne Zeitlang ohne Konto gelebt und bin immer überall hingerannt und hab denen das Geld gegeben. Aber die GEZ, die hab ich nie bezahlt, weil die kannst du nicht bar zahlen.
Der Dritte: GEZ ist echt so eine Scheiße!
Die Zweite: Ja, die haben mich so hart gefickt letztens.
Der Dritte: Mich auch. Konto eingefroren und alles. Du kommst da auch nicht weg von.
Der Erste: Ich war immer ein Idiot, der das immer gezahlt hat. Aber ich hab mich immer drüber abgefuckt.
Der Dritte: Ich guck gar kein Öffentliches, ehrlich gesagt. Alles was ich lese an Nachrichten, dann geh ich erstmal in Blogs gucken. Sonst zieh ich mir nur *Netflix* oder DVDs rein. Sonst guck ich nicht so viel Fernsehen.
Der Erste: Ja, geht. Also wenn, dann Dokus, so. Die Mediathek von *arte* oder so. Aber ich guck auch nicht viel.
Der Dritte: Also ich muss wirklich sagen, die meiste Zeit hör ich mir Mukke an, zieh mir die Videos dazu rein. Dokus oder so bin ich fast schon raus. Und ich lese auch lieber Bücher. Sag ich ganz ehrlich. Ich bin auch kein Fan von so E-Book-Scheiße, ey.

Der Erste: Aber du hast *Netflix*? Hast du *Making a Murderer* geguckt? Musst du dir reinziehen, Alter! Ist zwar erstmal sehr langweilig, weil du guckst dir da nen ganzen Gerichtsprozess an. Aber völlig verrückt. Und welche Sendung noch mega ist, ist *Fargo*.
Der Dritte: Ja, die Serie geht so. Aber der *Fargo*-Film ist so genial. Ich hab heute *Get Rich Or Die Tryin'* nochmal gesehen, der ist eigentlich nicht so geil. Aber der hat voll die Nostalgiegefühle in mir geweckt. *G-Unit* und *50Cent* waren schon krass. Da kann man nix gegen sagen, Fifty war der König der Hooks. Das war schon krass.
Der Erste: Ja, ich weiß nicht. Das war meine Scheißzeit, wo ich so viel Scheiße gehört hab.
Die Zweite: Ich hab letztens ne Doku gesehen bei *Netflix*. *Happy* heißt die. Die ist mega. Da geht's um...
Ein Vierter gesellt sich dazu. Der Erste begrüßt ihn: Ey, da ist Danny! Wie geht's dir, Alter?
Der Vierte: Hallo, ja gut. Bisschen im Arsch halt. Hallo, alles gut?
Der Erste: Ich brauch mal Bier.

KOMPLEXE

*Die Sonne scheint mir ins Gesicht
Und niemand steht mir mehr im Licht.
Ich bin noch nicht voll, aber mein Glas ist leer,
Und ich hol' mir 'n neues, und ich träum vom Meer.*[3]

Samstagnachmittag. Sie chillen auf seiner Dachterrasse, kiffen und trinken Bierchen. Die Septembersonne knallt. Mucke läuft über Handyboxen. Er sitzt breitbeinig auf einem Klappstuhl, ganz entspannt. Sie liegt auf der Liege und guckt in den Himmel auf ein großes weißes Wolken-X, das sich an den Rändern immer weiter ausbreitet und unsichtbaren Staub auf die Erde niederrieseln lässt. Darunter ist eine dicke und echte Wolke im Anmarsch. Die bewegt sich wie eine große Qualle wabernd und blubbernd auf die Sonne zu, so schnell, dass sich kleine Flocken von ihr ablösen und sich im Kreis wirbeln. Wie schockierte Seesterne. Aber die verdecken die Sonne nicht. Noch nicht.
Der Schweiß läuft ihr zwischen die Brüste. Sie schwitzt, darum zieht sie sich das Shirt über den Kopf und spürt seinen Blick auf ihrem Bikinioberteil.
»Babygirl, du bist so sexy!«
Er ist jetzt schon geil. Da ist wieder dieses Funkeln in seinen Augen, als er sich auf die Unterlippe beißt wie *LL*

---
[3] Ton Steine Scherben: »Samstagnachmittag« (1975)

Cool J. Das Geländer ist echt hoch und mit Bambus verkleidet. Niemand würde die beiden sehen, wenn sie es hier und jetzt auf der Stelle trieben. Und sie sieht echt sexy aus. Die Haut glänzt und ihr ist immer noch heiß, weil sie der Gedanke an Sex mit ihm auf der Dachterrasse auch ein bisschen *horny* macht.

Er legt die Hand auf seinen Schwanz. Sie kann erkennen, dass er hart ist. Er kreist leicht mit dem Becken. Sie lehnt sich zurück, versucht zu entspannen, sieht ihm zu. Er lehnt den Kopf an die Terrassentür, Gesicht in die Sonne. Massiert seinen Schwanz, atmet durch den Mund, schiebt sich die Jogginghose ein Stück runter.

Sie spreizt ihre Beine, schiebt sich die rechte Hand direkt unter die Shorts, macht die Augen zu und berührt sich, aber fühlt nichts. Die Geilheit verfliegt. Sie weiß halt, dass ihn das antörnt, was sie da macht, darum macht sie einfach weiter bis sie sein Stöhnen hört.

»Zieh das Oberteil aus«

Er flüstert.

Aber sie zögert. Sie hat sich Haare nicht weggemacht. Die stören sie einfach, diese kleinen, hellen Härchen um den Warzenhof. Und wenn er dann unverhofft ihr Shirt lüpft, in leidenschaftlicher Absicht ihre Brüste zu liebkosen, da ziert sie sich.

Dabei ziert sie sich nie wirklich. Eigentlich hat sie voll die Sehnsucht danach, seine Lippen an ihren Nippeln zu spüren. Sehnsucht nach dieser Stellung, in der er vor ihrem Gesicht kniet und ihn ihr zwischen ihren Brüsten

hindurch in den Mund schiebt, sie mit den Lippen an ihm saugt, ihn mit der Zunge liebkost, während sie sich selbst berührt, die Arme zwischen seine Schenkel gezwängt. Und sie kann zusehen, wie er hinein und hinaus gleitet. Hinein und hinaus. Hinein und hinaus aus ihrem halb geöffneten Mund. Bis ein heißer Regen über ihr Gesicht rinnt und auch sie sich selbst ins feuchte Paradies reibt.
Aber diese kleinen Härchen auf ihrer Brust, die sie so oft vergisst zu zupfen, die fucken sie ab wie unrasierte Beine. Oder Achselhaare. Einfach Abtörn.
»Bitte, zieh dich aus!«
Er stöhnt.
Er bettelt, aber sie kann nicht. Sie will es ja, irgendwie. Aber *fuck*, sie ist auch nicht rasiert da unten.
Und sie wollte auch noch die Wäsche machen. Und die Wolke schiebt sich vor die Sonne.

ICH WOLLTE DIR MEINE LIEBE GESTEHEN, DOCH JETZT BIST DU EIN ZOMBIE

Es begann zu regnen, während du die Worte sprachst, von denen wir nicht wussten, dass es deine letzten sein würden. Es begann zu regnen, und irgendwann konnte ich dir nicht mehr folgen, weil ich immerzu daran denken musste, wie verdammt romantisch das alles ist.
Und wie scheiße verklemmt ich bin. Und an diese ellenlangen, vergeudeten Momente der Sehnsucht nach dir. Wenn ich im Wagen saß, zum Beispiel. Auf dem Weg zur Arbeit, zur Familie, zum Sport, in den Club. Immer unterwegs, immer verpflichtet. Und all die Konventionen und Manieren. Die Ehe, das Ackern für den Ruhestand.
Und immerzu du in meinem Kopf.
Und wie gerne ich dir das gesagt hätte. Und ich sagte alles, nur nicht das. Wir Frauen wollen zwar immer reden. Aber wenn es drauf ankommt...
Blablabla.
Aber einfach ehrlich sein, einfach ehrlich sein, müssen wir verdammt hart lernen.
Irgendwann konnte ich dir nicht mehr folgen.
Und jetzt ist es zu spät.
Und jetzt sitze ich wieder im Wagen und will nicht aussteigen, obwohl du da draußen bist. Auf dem Parkplatz vorm Friedhof. Ein Grab hinterm Zaun und deinesglei-

chen. Grauer Himmel und das satte Junigrün der vielen Bäume in der Stadt, als wäre alles wie immer.
Blutige Regentropfen auf der Scheibe.
Und der Revolver im Handschuhfach.
Und immerzu du in meinem Kopf.

SONST ENDEST DU WIE FRAU HAMMERSCHMIDT

»Magenspiegelungen finde ich ja nit so doll, wenn sie dich nit betäuben. Wenn sie dir den Schlauch so in den Hals schieben«

Du bist zu Besuch bei Omi und denen, die noch übrig sind. Der Geruch von Penatencreme und Essigreiniger liegt in der Luft. Es gibt Hackfleisch-Lauchsuppe und weiße Brötchen zum Reintunken. Riesenportion, dabei willst du abnehmen und kein Fleisch mehr essen. Aber du musst den Teller leer machen, sonst gibt es morgen schlechtes Wetter. Aber neben dir sitzt eine Weißhaarige und jammert und verdirbt dir den Appetit.

»Und Darmspiegelungen sind auch janz schlimm. Die Abführmittel, die sie dir davör immer jevve. Dat vertrage ich nit mieh. Da kütt mir vorne und hinge alles erus«

»Der Manfred hat das auch nie gemocht«, sagt eine mit hängenden Mundwinkeln wie Angela Merkel. Sie sitzt dir direkt gegenüber.

»Wer ist denn Manfred? War das ihr Mann?«, fragt eine Frau mit mahagonirotem Kurzhaarschnitt, die am Kopfende des Tisches sitzt.

»Ja ja, das ist mein Mann. Der ist voriges Jahr gestorben, Manfred heißt der«

Merkel schlägt einen kläglichen Ton an.

»Ich bin auch alleine. Aber schon seit zweitausendsieben«, sagt die Rothaarige und schlürft an ihrem Suppenlöffel.

»Im Badezimmer habe ich ihn gefunden, er lag einfach so auf dem Boden. Und als die Ärzte kamen, da war es schon zu spät. Ich sag noch zu ihm, Manfred, bleib ruhig, gleich kommen die Ärzte. Aber da war er schon nicht mehr«. Merkel starrt ins Leere während sie spricht, hat ganz glasige Augen.

»Haben Sie Kinder?«, fragt die Rothaarige.

»Zwei Töchter, einen Sohn und vier Enkelkinder. Aber die wohnen alle in Hamburg. Die sehe ich nicht oft. Ein Urenkelchen ist auch unterwegs gerade«. Merkel hat sich wieder gefasst, du glaubst fast den Hauch eines Lächelns in ihrem Gesicht zu erkennen. Happy End, denkst du und tauchst zufrieden deinen Löffel in die Fleischsuppe. Omi zuliebe. Dann wirst du halt ab morgen vegetarisch. Jetzt darf die Weißhaarige nur nicht wieder anfangen vom Kotzen und Kacken zu sprechen. Immer positiv denken.

»Hörst du?«, Omi ruft dir zu.

»Die Hilde kriegt ein Urenkel! Wann krieg ich denn endlich eins?«

Der ganze Tisch schweigt, alle starren dich an mit stechenden Laserblicken, trotz der trüben Augen. Röcheln und Schniefen und dein laut pochendes Herz. Vor Scham. Und Frust. Und Wut über diese Bloßstellung deines Sexuallebens.

»Das will ich aber doch noch erleben! Die Jüngste bin ich auch nicht mehr und der Oppi ist schon tot! So lange hast du dir Zeit gelassen und jetzt ist er tot!«
Omi lässt nicht locker. Sie hat bereits zwei Schnäpse getrunken. Außerdem steht da ein Radler vor ihr auf dem Tisch.
»Jetzt noch nicht, Omi«
Du. Kleinlaut. Herzrasen.
»Wie alt bist du denn nochmal, wenn ich fragen darf?«, fragt Alzheimer-Walter, der dir als Kind immer fünf Mark zugesteckt hat.
»Neunundzwanzig«, antwortest du.
»Nüngenzwanzig? Met nüngenzwanzig wor ich met meiner jüngsten schwanger, met der Uschi!«, ruft die Weißhaarige. Viel zu stolz, deiner Meinung nach.
»Un ich musste öntlich met anpacken, do han mer jerade dat Hus jebaut«, fährt sie fort.
»Da lasse ich mir noch was Zeit«, hörst du dich sagen.
»Mit dem Haus oder mit den Kindern?«, ruft Alzheimer-Walter und lacht laut über seinen eigenen Witz. Die anderen stimmen mit ein. Schallendes Gelächter am Tisch.
»Haben Sie einen Partner?«, fragt Merkel. Du schüttelst den Kopf. Entsetzte Minen.
»Die jungen Leute heutzutage«, sagt die Rothaarige.
»Dass wir Frauen nicht ewig warten können, das verstehen die nicht«
»Ewig will ich ja nicht warten, nur, also jetzt im Moment...«

Du stammelst.

»Was ist denn?«, ruft Omi wieder.

»Sonst endest du wie die Frau Hammerschmidt. Die hat am ganzen Körper Plaque, weil die sich seit Jahren nicht gewaschen hat. Die hat ja keinen an sich rangelassen, die war ja ganz alleine in dem großen Haus. Willst du so enden? Ich habe deine Mutter, die mich jetzt im Alter pflegt. Deine Mutter hat dich, wenn sie später nicht mehr kann. Und wen hast du dann später?«

Deine Gedanken fliegen. Die Suppe sieht aus wie Kotze und ist bestimmt schon kalt. Du willst die nicht mehr essen. Du denkst: *Ich will hier raus. Ich hab noch so viel vor. Ich brauche nen vernünftigen Kerl. Ich will mir jetzt die Figur noch nicht ruinieren. Vielleicht will ich gar kein Kind. Niemals. Wie soll ich das erziehen? Ich habe einen Kater. Ich will jetzt ein Bier. Ich brauche Zeit für mich, aber ich habe keine Zeit. Ich habe Probleme. Ich muss nachdenken. Ich habe kein Geld. Mein Job fuckt mich ab. Ich weiß nicht genau, was ich will. Ich will frei sein. Ich muss mich noch entscheiden. Aber ich will keine alten Leute pflegen. Auch nicht meine Eltern. Noch nicht. Und ich will niemals so enden. Oder doch. Und ich habe Angst.*

Aber du sagst nix.

Ist ja deine Omi.

La familia es todo.

FANTASIE UND FEUCHTE TRÄUME

Set me free, why don't you babe
Get out'my life, why don't you babe
You really don't want me
You just keep me hangin' on[4]

Unter anderen Umständen wäre da bestimmt was gelaufen zwischen uns. Dazu haben wir uns von Anfang an zu gut verstanden. Aber wir leben halt zwei völlig unterschiedliche Leben in zwei völlig unterschiedlichen Welten. Unter anderen Umständen, okay. Dann vielleicht. Ungefähr so:
Ich bin zufällig in der Nähe und klingele bei dir, weil du mir das immer angeboten hast. *Klingel einfach wenn du in der Nähe bist, würd mich echt freuen.*
Und ich weiß, du bist zuhause. Dein Wagen steht vor der Tür. Du machst auf, bist auch bisschen nervös. Das merke ich. Finde ich süß. Du bietest mir was zu trinken an, hast nur Bier im Kühlschrank und so Mateteezeug von deiner Mitbewohnerin. Natürlich nehmen wir das Bier, gehen in dein Zimmer. Der Hund liegt nice und chillig auf seinem Platz und fuckt uns nicht ab mit Bellen oder Lecken oder so. Du machst Mucke an, zeigst mir ein paar neue Sets, die feiere ich ab, lobe dich. Dann spielst du bisschen Klavier. So sexy, zu was deine Hände fähig

---

[4] Vanilla Fudge: »You Keep Me Hangin' On« (1967)

sind. Dann reden wir einfach, setzen uns aufs Sofa und es wird wieder richtig *deep*, wie meistens zwischen uns, wenn niemand anderes zuhört. Du erzählst mir irgendwas von deinem Alten, der nicht an dich glaubt und ich pack auch ein paar Familystories auf den Tisch, und wir sind wieder so *connected*. Zwei traumatisierte Seelen wollen sich vereinen, suchen beieinander Trost.

Du holst mehr Bier und ich würde am liebsten eine rauchen - oder einen - aber das machst du ja beides nicht. Teile schmeißt du, gehört quasi zum Beruf. Aber die Kifferei macht dich müde und zieht dich nur runter, und ich steh halt nicht auf Chemie und den ganzen Scheiß. Ist mir zu unberechenbar. Also trinken wir nur und labern, und werden auch so lockerer.

Wenn ich lachen muss, berühre ich deine Schulter und deine Hand landet zufällig auf meinem Schenkel. Du sagst immer wieder, dass ich so anders bin als all die anderen Frauen. Und unsere Blicke treffen sich zu oft und dann küsst du mich. Endlich, ey! Und ich vergesse die Bitches, die du sonst so knallst, die mit denen du prahlst, weil ich bin ja ganz anders. Hast du mich ja spüren lassen die ganze Zeit. Und unser Sex ist gut. Filmstyle und wir kommen beide und danach kommen wir zusammen, halt so beziehungsmäßig, und du wirst durch mich ein ganz anderer Mann. Ich kann dich ändern. Traum jeder Frau, den Mann ändern. Du öffnest mir dein ganzes Herz.

Aber ist halt alles nicht passiert. Unter anderen Umständen vielleicht, aber nicht wirklich. Alles Fantasie und feuchte Träume. Real Life ist Pokerface.

FUCKING REFUGEES

So viele Wehenkrämpfe und Sturzgeburten. So viele verblasste Schwangerschaftsstreifen, vernähte Dammrisse und verweste Mutterkuchen. So viele vergessene Kindheiten und verdrängte Zukunftsängste. So viele Menschenleben hier am Bussteig, schwitzend in der sengenden Hitze auf dem Weg ins Paradies.

Der Bus fährt vor und spendet Schatten. Mit Sack und Pack schieben wir uns durch seine nadelöhrbreiten Türen. Jeder findet einen Sitzplatz. Die Klimaanlage läuft auf Hochtouren, meine Kontaktlinsen kleben trocken auf den Augäpfeln. Ich mache die Augen zu. Als ich sie wieder öffne, sehe ich das Meer.

Sally kauft Sonnenöl und Dosen-*Fanta* in einem Touristengeschäft. Ich sitze draußen auf dem Boden, ziehe an ner Zigarette und mache Ringe mit dem Rauch. Leute schlendern vorbei ohne mich zu beachten. Sie haben ihr Hirn abgeschaltet, wie das eben so ist, wenn man Urlaub hat. Niemand macht ein verbittertes Gesicht und jagt mich und meine stinkende *Dreckskippe* davon. Wir haben Zeit und die Sonne scheint über viertausend Kilometer weit weg von zuhause, vom Alltag und vor allem: weg von der Arbeit.

Mit einer Plastiktüte an zwei Fingern baumelnd kommt Sally aus dem Laden. Wir machen uns auf den Weg. Meine Sonnenbrille legt einen Retrofilter über die Umgebung, färbt alles in beige-braun. Fühlt sich an wie in so einem Musikvideo in *Slow Motion*, wo die Leute sexy aussehen und immer lachen, lebendig und frei, so nach dem Motto: Man lebt nur einmal. Das aufgetaute *Carpe Diem* einer neuen Generation.

Wir rennen und der Schweiß läuft mir den Rücken runter. Die Plastikriemchen meiner Flip Flops haben scharfe Kanten. Tapfer ertrage ich den Schmerz zwischen den Zehen, zum Jammern ist das Ziel zu nah. Wir stolpern vorbei an weißen Häuserfassaden mit blauen Fensterläden und flatternder Wäsche auf den Dächern, vorbei an Kakteen, Windrädern und Eisbuden, die verführerisch mit *Maxibon Cookies* und *Maltesers* locken.

Im Slalom stapfen wir über die Dünen, die mit ausgetrocknetem Dornengestrüpp bewachsen sind. Dann sind wir endlich da. Völlig außer Atem katapultieren wir unsere unbequemen Schlappen in hohem Bogen durch die Luft. Sie landen ein paar Meter weiter im Sand. Wir laufen bis ans Ufer. Der Wind peitscht mir ins Gesicht und zerzaust die Haare. Eiskalt und frisch sprudelt das Wasser über meine Füße. Wir breiten unsere Handtücher aus, schlüpfen aus unseren verschwitzten Kleidern, setzen uns in die pralle Sonne, holen die kalten Dosen aus der Tüte. Eiskalte Erfrischung und dazu ein azurblauer Himmel mit echten Schäfchenwolken, keine *Chemtrails* weit und breit. Unser Fleisch brät in der Hitze, als wären wir Grillhähnchen. Vor lauter Wind merken wir nicht, dass die Haut immer knuspriger wird. Die Sonne wäscht mir den Winter aus dem Gesicht, irgendwo läuft *Chillout*.

Als es zu heiß wird, gehen wir ins Wasser und es zischt fast wie im Kochtopf. Die Abkühlung tut gut. nachdem die Sonne das Wasser auf meiner Haut getrocknet hat, cremen wir uns mit Sonnenöl ein. Dabei fliegt die Plastiktüte im Wind davon aufs Meer hinaus. Für einen Moment bekomme ich ein schlechtes Gewissen, denke an verformte Schildkröten, die in Plastikringen von Bierdosen aufgewachsen sind. Ich will aufspringen, um die Tüte einzufangen. Aber es ist einfach viel zu gemütlich, hier einfach liegen zu bleiben. Scheiß drauf.

Die Folgen der Sonne spüre ich erst am Abend. Rote Nase und kleine Pusteln auf Armen und Beinen, Sand in der Poritze, Reiseverstopfung und trotzdem sauglücklich. Wir vergessen die Zeit. Sie vergeht. Der letzte Abend kommt viel zu plötzlich.

»Habt ihr Mädels heute zufällig Knoblauch gegessen?«, fragt der Typ, dessen Namen ich nicht mehr weiß. Gambas lügen nicht. Spanische Margaritas auch nicht. *Süße Versuchung mit viel Schnaps*, übersetzt jemand den Kellner in der Bar am Hafen. *Fresa, Papaya* und *Plátano*. Vom letzten Bananendrink wird mir schlecht. Ich mag auch gar keine Bananen. Irgendwer bestellt mir ein Bier und es wird besser. Im Zigarettenautomaten gibt es Kippen für einen Euro neunzig. Wir rauchen, wir trinken, wir lachen, wir tanzen im Sitzen auf unseren Stühlen.

»Guapa Negra«, nennt mich ein Kerl und fängt an zu flirten. Aber ich hab kein' Bock auf ihn und seine billige Anmache, *nur weil ich schwarz bin.*
»Where are you from?«, fragt er.
»From Germany«,
»No, where are you really from?«
Mir reicht's. Er ekelt mich an mit seinem Geschwafel. Schwitzt und lispelt und spuckt bei jedem zweiten Wort. Das Hemd klebt schweißnass an seiner Brust, so wie Sally an dem namenlosen Typen. Sie sitzt auf seinem Schoß. Er setzt ihr seinen Sombrero auf den Kopf. Zuerst verschwinden sie unter dem großen Hut. Irgendwann verschwinden die beiden ganz vor lauter Geilheit.
Ich laufe allein durch die Nacht zurück zum Hotel. Der Wind trägt mich durch die schwach beleuchteten Straßen, über mir die Sterne. Viele Sterne. Sehr viele Sterne. So viele Sterne habe ich noch nie gesehen. Und sonst nichts. Ein großes weites Nichts. *Warum verschluckst du mich nicht einfach?*
Mit dem Schlüssel stochere ich nach dem Schlüsselloch. Im Hotelzimmer herrscht das Chaos, für die paar Tage lohnt sich das Kofferauspacken nicht. Erst jetzt merke ich, wie betrunken ich bin. *Alles dreht sich, doch das geht ja jedem so auf dem Planeten*[5].
Meine Plastikflasche ist leer. Das Wasser aus der Leitung schmeckt nach Schwimmbad und eine Mücke terrorisiert

---

[5] Marteria »Die Nacht ist mit mir« (2015)

mich bis zum Morgengrauen. Dann schleicht Sally irgendwann zur Tür hinein und schluchzt. Er hat versprochen, sie bei *Facebook* zu adden, erzählt sie und fängt an zu weinen. Sie nennt sich selbst Schlampe und sagt, sie sei langsam zu alt für diese kaputte Scheiße. Aber jeder Mensch ist schwach und jeder Mensch hat Sehnsüchte und jeder Mensch sehnt sich nach Vollkommenheit.
»Ich kann nicht mehr! Ich brauch doch einfach nur wen, der mich liebt!«
Dann pennen wir ein und Sally schnarcht. Drei Stunden später verlasse ich das Zimmer und gehe alleine zum Strand, lege mich auf mein Handtuch und schließe die Augen. Als ich sie wieder öffne schmecken meine Lippen salzig. Der Wind hat mich mit Sand bedeckt. Vor mir glitzert das Meer. Am Ufer türkis, weiter draußen dunkelblau, noch weiter draußen wie eine Diskokugel. Die Sonnenstrahlen tanzen auf der Wasseroberfläche. Wellen überschlagen sich und brechen an den schwarzen Klippen. Es rauscht und sprudelt, so wie immer. Hier und da sprechen Leute und ich verstehe kein Wort. Hier und da schreien Kinder, lachen laut auf. Eine Möwe zieht ihre Bahnen wie ein Segelflugzeug, kreist dicht über meinem Kopf und fliegt davon, aufs Meer hinaus. Richtung Afrika.
Obwohl die Insel zu Spanien gehört, sind es über zwei Stunden Flug bis ans Festland. Von hier bis nach Marokko sind es nur achtzig Kilometer. Das hatte der Kerl in der Cocktailbar erklärt, in einem kurzen Moment, in

dem er mich nicht auf die Nerven ging. Früher sei mal eine Fähre rüber geschippert, aber die Strecke wurde eingestellt, weil zu viele von denen da drüben mit hierher wollten, hier auf die schöne Insel.

»Fucking Refugees! Als hätten wir nicht genug Sorgen!« Die Stimme des Kerls dröhnt in meinem Kopf.

Achtzig Kilometer bis nach Afrika, denke ich, irgendwo da hinten am Horizont.

Guapa Negra. Schöne Schwarze.

Jeder Mensch hat Sehnsüchte…

Und unaufhörlich tickt die Uhr. Man lebt schließlich nur einmal. Mein Kopf ist leer und ich bin so müde. Außerdem drückt die Blase und weit und breit keine sanitären Anlagen in Sicht, hier an diesem Strand von Fuerteventura. Ein paar Minuten schaue ich noch aufs Meer hinaus, dann gehe ich zurück zum Hotel. Zwei Stunden später ist der Urlaub vorbei. Wir fahren schweigend im Shuttlebus zum Flughafen. Check-In, Warten, Einsteigen. Eingepfercht in einer Sardinenbüchse von Flugzeug mit Sitzen, die sich nicht zurückklappen lassen, viereinhalb Stunden lang, hinter einer Gruppe trinkfreudiger Niederländer sitzend, die beschlossen haben einen Junggesellenabschied im Flugzeug feuchtfröhlich ausklingen zu lassen. Bei Landung Regen und ein Willkommensgruß auf einem Plakat neben der Gepäckausgabe: *Wat willste mache, füge dich deinem Schicksal.* Darüber ein Piktogramm aus Regenwolken.

Wir sind wieder zuhause. Und weiter geht's.

HUMMELN IM ARSCH

I just wanna use your love tonight
I don't wanna lose your love tonight[6]

In Mary Janes Wohnung riecht es nach Weichspüler und Gras. Sie schiebt eine Pizza in den Ofen. Ein halber Joint liegt im Aschenbecher auf dem Küchentisch, daneben ein rotes Feuerzeug mit Betty Boop drauf, in sexy Pose. Ich setz mich hin und zünde die Tüte an. Rauche schweigend und spüre, wie sich die Ruhe in mir ausbreitet. Ganz langsam. Lunge, Arme, Hände, Bauch, Beine, Füße. Überall. Höre auf das Brummen des Backofens und wie Mary Jane leise summt. Unbekannte Melodie und ein leichtes Kratzen im Hals. Aber sie räuspert sich nicht, klingt dirty, beruhigt mich. Wie immer. Und ich spüre, wie die Härchen in meiner Nase vibrieren bei jedem Atemzug. Gleichmäßiger Rhythmus. Ich komm langsam runter, kann den gebackenen Käse riechen. Ich schließe die Augen und lehne meinen Kopf zurück gegen die Wand. Sie wird weich, gibt nach wie ein Kissen aus rotem Samt. Erst jetzt merke ich, dass meine Schultern verkrampft sind und steif. Vielleicht schon den ganzen Tag? Ich lass locker. Mein Rücken wird warm. Der ganze Körper. Die Wand nimmt mich in sich auf. *Trainspotting-Styles.*

---

[6] The Outfield: »Your Love« (1985)

Wir trafen uns nach der Arbeit direkt am Bahnhof. Der Bus kam schnell und wir fanden zwei Plätze nebeneinander, in der Reihe hinten am Fenster. Die ganze Fahrt über sprachen wir kein Wort. Die Stadt zog an uns vorbei, der Sommer. Schweigend saßen wir da und ließen ihn passieren. Und ich wusste, es war das letzte Mal. Und obwohl ich nichts sagte, spürte ich, dass sie es weiß.
Mary Jane berührt meine Hand und holt mich zurück. Die Pizza ist fertig. Mit einem Topflappen zieht sie das Blech aus dem Ofen. Dabei drückt sie mir ihren Hintern entgegen. Wie Betty Boop auf dem Feuerzeug. Sie will mich anmachen.
Mary Jane schneidet die Pizza mit einer Schere in Stücke, auch wenn ich das hasse. Mit der Schere. Wer macht sowas? Aber ich beschwere mich nicht. Nicht heute. Wir nehmen unsere Teller und setzen uns auf ihr Bett. Mary Jane macht den Fernseher an, aber lautlos, beißt in ein Stück Pizza. Danach leckt sie sich langsam die fettigen Lippen ab. Sie weiß, dass ich sie beobachte. Darum muss sie jetzt auch grinsen.
»Glotz nicht!«, sagt sie. Und nach einer Weile:
»Oh Mann, verdammt! Du kannst nicht einfach so abhauen!«
Beben in der Stimme der schönsten Frau, die ich jemals traf. Mit ihren haselnussfarbenen Augen und den zartbitterschokobraunen Locken. Oh, Mary Jane!
Die Frau mit der ich alles teile und die mich nimmt, wie ich bin. Meine Heimat. Die Frau, von der ich mir

wünschte sie sei ein Mann, denn dann wäre sie perfekt für mich.

Ich habe keinen Hunger mehr. Ich weiß nicht, wie ich reagieren soll.

»Du kannst mich doch besuchen. Wir treffen uns. Irgendwo«

Ihre Augen füllen sich mit Tränen, dann fällt sie mir in die Arme, weint leise und schluchzt, das Gesicht an meine Brust gepresst. Wir sinken rücklings aufs Bett. So nah waren wir uns noch nie. Mein Bauch kitzelt und mein Herz. Ihre Hand auf meiner Wange, Stirn an Stirn liegen wir da und schauen uns in alle drei Augen. Tunneltiefer Blick. Mir ist heiß. Ich mag sie.

»Ich muss einfach weg. Ich geh hier kaputt. Verstehst du?«, flüstere ich. Verdammt, sind wir uns nah.

»Was suchst du denn noch?«, fragt sie und kommt noch näher. Ihr heißer Atem umhüllt mich. Aber ich kann nichts machen, dabei ist das meine Chance. Wenn nicht jetzt, wann dann? Aber ich kann nicht. Ich habe keine Lust auf dieses Gefühl. Ich komm damit nicht klar.

Ich mach die Augen zu. Ich bin müde, aber kann nicht schlafen. Ich tu nur so. Irgendwann schläft Mary Jane ein. Ich steige aus dem Bett, in Zeitlupe. Will sie nicht wecken, schleich mich raus. Muss weiterziehen. Hummeln im Arsch.

BRUDER, MUSS LOS

Und ich komm zurück zu dir,
Mein Liebling, mein Liebling,
Wenn du, mein Liebling, bist tot[7]

Ich war bei dir heute, dabei hasse ich Krankenhäuser. In deinem Zimmer stinkt es nach Kotze und Tod, die Fenster sind zu und im Bett nebenan krepiert einer, röchelt sich ins Jenseits. Du hast mich mit einem Kuss begrüßt, fand ich schön. Komisch und ungewohnt, aber schön. Schade, dass es nicht immer so ist. Ich will ja, dass es dir besser geht. Ich möchte nicht, dass du dich quälst. Ich will, was du willst.

Wenn ich dich sehe, vergeht mir der Appetit. Ich will nicht so enden, für den Rest meines Lebens Tabletten schlucken. Genauso wenig wie dieses beschissene, kurze graue Haar vorne über meiner Stirn. Das will ich auch nicht. Ist das die Erkenntnis der Vergänglichkeit? Ich werde älter. Kränker. Anfälliger. Scheiße. Ich bin endlich. Und dein Leben geht. Du bist alt. Krank. Anfällig. Am Ende.

Du willst nicht essen. Ich bringe dir eine Pizza mit Schinken, weil du die immer mochtest. Dabei hatte die

---

[7] Burgess:, Anthony: Uhrwerk Orange. München 1991, S. 78

Pizzeria noch gar nicht geöffnet. Die haben für mich eine Ausnahme gemacht, also bitte iss gefälligst deine Pizza. Du willst raus aus der Anstalt. Abwarten. Ruhe bewahren. Bin ich zu wenig für dich da? Eigentlich doch nicht. Andere ziehen weg in fremde Städte. Aber ich bin immer da. Dieser ganze Leidensweg jetzt macht mich fertig. Die letzte Erinnerung an dich verblasst. Sonne im Februar und Krokusse auf der Wiese. Und du auf den Beinen. Wieder Herr im Haus.

Ich mitten im Leben. Ein Anruf mit zitternder Stimme, während ich mit den Jungs in der Küche sitze bei Mettbrötchen und Dosenbier. Dir geht es scheiße. Das Wort *sterben* fällt. Mehrmals. Ich hoffe, dass es dir besser gehen wird, dass du raus kommst aus der Klinik und ich denke, dass nicht immer alles geil ist, auch wenn geile Sachen passieren. Und dann dieses permanente schlechte Gewissen in mir, das ständig da ist. Pocht, nagt, juckt. Weil ich so rücksichtslos mein Ding durchziehe, es zumindest versuche. Dabei geht es jedem kacke. Und mir ja eigentlich auch, dabei dürfte es das gar nicht. Tut es in Wirklichkeit auch nicht. Mir geht es gut. Darum das Gewissen. *Circulus vitiosus* heißt das auf Latein. Ein Teufelskreis.

Wie lange geht das noch? Jetzt kommt die Angst. Taub bin ich auch. Irgendwie. Nicht mal meine Brüste schmerzen, dabei befinde ich mich mitten in der zweiten

Zyklushälfte, müsste voll das prämenstruelle Syndrom schieben. Aber ich fühle nix. Vielleicht bin ich krank? So eine Scheiße. So eine verdammte Egoscheiße.

War wieder bei dir heute Morgen. Dir geht es dreckig. Echt. Das ist schrecklich. Aber jetzt ein geiler Abend. Ohne dich. Dinkelwaffeln mit Zartbitterschokolade und stundenlange Gespräche darüber, wie krank unsere Gesellschaft, meine Generation doch ist. Dass wir uns nicht entscheiden können und die Liebe verloren haben, so gut wie. Und dass wir uns zu mediengesteuerten Maschinen entwickeln. Und Gespräche über die Unsicherheit. Diese Unsicherheit werde ich wohl nie los. Sie sitzt in mir wie ein Tumor. Und dann dieser Druck, der lähmende Druck. Ein erkenntnisreicher Abend. Ohne Lösungsansätze. Ohne dich.

Du kannst dich verständigen, aber man versteht dich nicht. Der Schlauch hängt im Hals. Wenn du mich siehst, schneidest du Grimassen ohne Zähne. Du sabberst deine alten Witze auf meine Kosten. Und du runzelst die Stirn und sagst, ich sei schuld.
Und ich schlucke und schiebe alles auf die Tabletten und die Keime. Verletzte Menschen verletzen Menschen. Du bist vernebelt und gefangen irgendwo in diesem verwesenden Körper. Das bist nicht du, der da spricht. Lass dich doch endlich frei.

Gestern wollte einer nicht mehr leben und ließ ein Flugzeug abstürzen zwischen Barcelona und Düsseldorf. Nur ein paar Länder weiter bringen sie sich gegenseitig um und die Schlagzeilen brüllen: *Das Sterben geht weiter*. Und ich? Ich laufe trunken durch die Straßen und freue mich darüber, wie schön das Überleben ist. Und ich esse gut, fotografiere die ersten Blüten an den Sträuchern, bewege mich an der frischen Luft, sammle Feuerholz für deinen Kamin, dabei bist du nicht zuhause. Mit Moos bewachsene Baumstammstücke. Und ich stelle mir vor, alles ist, wie es war. Du sitzt neben mir auf der Fensterbank und wir blicken auf den Garten. Und ich muss an dich denken. Als wärst du noch da. Als wärt ihr alle noch da. Und um mich herum all das Leben. Während die Welt mit dir untergeht.

Dein Zustand ist kritisch. Ich habe geweint. Das Leben ist traurig. Und ich vergesse dich und gerate in Panik. Wie haben wir unsere Zeit gern miteinander verbracht? Filme geguckt. Das Leben der anderen. *Das große Fressen* an Weihnachten. Ich hätte Tagebuch schreiben sollen. Du liest doch so gerne und ich erzähle dir, dass ich schreibe und du willst es lesen, sagst du leise. Und ich hoffe so sehr, dass du es tun wirst. Aber ich glaube nicht fest genug dran. Es will mir nicht gelingen. Es ist meine Schuld.

Der Sensenmann schleift seine Klinge. Die Luft in deinem Zimmer schmeckt nach Metall. Jetzt heißt es warten, sagt man mir. Auf den Tod. Eingestampfte Hoffnung. Die Realität ist gerade nicht auszuhalten. Und trotzdem gucke ich Dokus im Fernsehen über die christliche Religion und die Entstehung des Terrors. Und ich fliehe. Rebensaft und grüne Wiese.

Ich im Büro. Ein Anruf. Ich soll los. Meine Termine absagen. Und nach dem Telefonat sitze ich starr da und grübele, ob ich das wirklich machen soll oder nicht. Mein heiliger Job. Und ich suche im Netz so Sachen wie *Trauerfall und Krankmelden* und *noch nicht ganz tot, darf ich auf der Arbeit fehlen?* Und ich grabe mich durch Selbsthilfeforen und die Leute schelten: *Was? Du willst bei der Arbeit fehlen, nur weil jemand stirbt? Wie kannst du nur! Das wird dir der heilige Arbeitgeber nie verzeihen, Sklavin! Der Master schwingt die Peitsche und droht damit dich zu entlassen.* Und eine Frau schreibt, ihre Mutter liegt im Sterben, aber sie hat Angst sich freizunehmen, um sich zu verabschieden, weil sie ihren Job gerade erst antrat. Und die Leute schreiben: *Bei dir piept es wohl? Bloß nicht! Fehl bloß nicht bei der Arbeit!* Und mein Herz pulsiert umgeben von Robotern.

Du liegst im Sterben. Bald bist du tot. *Bruder, muss los.* Du stirbst.

Und die Zeit vergeht. Wie immer. Der letzte Tag im Mai. Tag des guten Lebens. Weizenbrötchen zum Frühstück. Speck und Spiegelei. Straßenfest. Pasta und Eiskreme und die *Parkpiraten auf Landgang*. Alles schön, trotz Regen. Und manchmal vergesse ich, dass du gestorben bist. Dass du nicht mehr lebst, mit mir auf der Fensterbank hockst und auf deinen Garten blickst.

MALLE

Unsre schönsten Erlebnisse werden real in der Erinnerung eines anderen[8]

Ich muss arbeiten. Im Sitzen vorm Bildschirm. Dabei ist Sitzen das neue Rauchen, sagen sie. Und ich habe nicht mal was Rauchbares im Haus.
Schande!
Stocknüchtern sitze ich also da und versuche was zu schaffen, während der Regen auf die Dachfenster klatscht. Regen, den ganzen Sommer lang. Heute vor nem Jahr, da sah die Welt ganz anders aus. Meine Gedanken wollen fliehen. Vorm Regen, vor der Leere. Und ich lasse sie fliehen, die Gedanken. Bis ich wieder da bin.
Bestes Leben. Kein Laptop. Kein Fernseher. Kein *Wifi*. Nur ein Notfall-Datenvolumenpaket aufm Handy, um nach dem *Floating Instrument* zu googlen.
Natur und viel Essen. Tunfisch-Mayonnaise, Tomatensalat, krosses Weißbrot. Knoblauchsoße, gegrillte Champignons, Burger und Paprikaspieße.
Zum Nachtisch *Calippo*. Und Nostalgie, weil es mal ein Eis gab, das aussah wie ein Stück Käse. Außerdem war da *Sky* mit einem luftigen Schokokern. Das wollen wir so gerne zurück.

---

[8] Gold Roger: »Powerrangerblues« (2015)

Oh, du schöne Kindheit! Wo bist du geblieben?
Schwelgen. Rauchen. *San Miguel.*
Und Kartenspielen, *all night long.*
Arschloch, das Pausenhofspiel von vor fünfzehn Jahren.
Und jeden Tag am Strand Klippenspringen oder Bootfahren oder schlafen oder *floaten*.
Und wieder essen. Am Nachbartisch putzt einer seine Harpune und im Sand vorm Restaurant spielt ein Mädchen in rosa Taucheranzug. Daneben ein Junge mit Ball. Als das Mädchen ihn entdeckt, reißt es dem Jungen den Ball aus den Händen. Wir lachen, war wohl ein Flirtversuch von der Kleinen. Aber der Junge checkt das nicht und geht petzen, ruft seine Mama.
Ja, so sind die Frauen, scherzen die Männer. *Die denken, ich muss dem Kerl nur was wegnehmen, dann schenkt er mir seine Aufmerksamkeit.* Aber so ist das auch nicht, denke ich. Wir ticken doch ganz anders.
Wir Frauen bestellen uns diese leckeren Drinks aus Gin und *Slush* an der Strandbar und trinken mittags ohne Rechtfertigung. Die Zungen lösen sich und wir quatschen. Zum Beispiel übers Kinderkriegen, über Babys. Und über unsere Mütter, die mit Anfang fünfzig schon sagen, sie seien zu alt. Dass früher alles anders war. Dabei ist das Leben doch jetzt.
Wir leben halt ein anderes Leben. Aber die Familie, die versteht das nicht. Dabei ist es unser Körper, unsere Entscheidung, unser Leben und die Welt spielt verrückt. Das verkündet auch die Schlagzeile der Inselzeitung.

Propagandamagazin. Wir haben Glück gehabt, denn am Strand von Tunesien wurden sie alle erschossen.
Irgendwann wagen wir ein Abenteuer, gehören eindeutig zu den Alten in der Großraumdisko. Sind wir zu alt für diesen Scheiß? Man ist nie zu alt für diesen Scheiß. Weed kaufen und Bier und jung sein bis die Sonne wieder aufgeht. Nachdurst. Eistee. Hämische Blicke von Bierleichen. *Was trinkst du da für ne Plörre? Immer schön den Pegel halten, sonst merkst du, wie scheiße das Leben ist.*
Abends leuchten über uns die Sterne und die Philosophie gesellt sich hinzu. Sternenbilder, Aszendenten und die Gesellschaft. So schier unendlich viele Welten gibt's auf dieser Erde. Was muss dann erst im Universum abgehen? Erkenntnisse. Eine kranke Seele ist am schlimmsten, das steht fest. Vergewaltigung der Psyche. Und wir werden verseucht. Da können wir nix gegen tun. Also einfach leben und genießen und dankbar sein, hier und jetzt. Komm, dreh noch einen! *So jung kommen wir nicht mehr zusammen.*
Erinnerungen, an die Toten. Alte Freunde und Verwandte. Die gucken jetzt von oben auf uns runter und denken, *is schon alles gut so, wie ihr das macht.*
Carpe Diem. Memento Mori.
Wie oben, so unten.
Wie innen, so außen.
Der Regen holt mich zurück.
Hier und jetzt.

DER DEALER UND DIE TOTE

I buried my heart in a hole in the ground
With the lights and the roses and the cowards downtown
They threw me a party, there was no one around
They tried to call my girl but she could not be found
I buried my guilt in a pit in the sand[9]

Er wollte nie so werden wie sein Vater. Die verhärmten Mundwinkel, das drahtige Haar, der Bauch und der Geiz. Und jetzt guckt er in den Spiegel, direkt ins Antlitz seines alten Herrn. Auf das, was aus ihm wurde letzten Endes. Nach all den Jahren. Wie der Vater, so der Sohn. Zwei fette Kapitalistenschweine.

Er muss an Vika denken. Da kann er machen, was er will, sie geht ihm nicht aus dem Kopf. Was wäre wenn? Was wäre, wenn er einmal nicht ans Geld gedacht hätte? Was wäre, wenn er sich ein bisschen mehr bemüht hätte? Bemüht um sie. Bemüht um mehr. Was wäre, wenn das alles nur ein verdammt krasser Trip ist? Einfach warten, bis die Wirkung nachlässt, die Ernüchterung eintritt. Endlich wieder klarkommen. Von ihm aus auch mit Kopfschmerzen, weil die spüren lassen, dass er fühlt. Weil in diesem Moment fühlt er nichts. Nur die dumpfen, monotonen Bässe, irgendwo in weiter Ferne.

»Dieses Set ist so geil! Ich liebe diese Mucke!«

---

[9] Foals: »What went down« (2015)

Laura raunt und reißt ihn zurück in die Wirklichkeit. Sie ist voll drauf. Ganz in schwarz wippt sie durch sein Wohnzimmer, versteckt ihre dicken Augen unter einer dunklen Sonnenbrille, dabei dämmert es schon. Die anderen sitzen auf dem Sofa. Pillen und Pulver auf dem Glastisch. Alle Ballerphase. Alle drupp. Als sei das ein stinknormaler Tag. Als würde sie jeden Moment zur Tür hereinspazieren und mittanzen.

Er weiß nicht, wann Vika ihm zum ersten Mal auf diese besondere Art und Weise auffiel. Eigentlich war sie nicht sein Typ. Blond mussten seine Frauen sein, zierlich und vollbusig. Unschuldig tun, aber verrucht sein. Reden sollten sie nur das Nötigste. Ihre Münder waren zu weitaus angenehmeren Dingen bestimmt, als zum Führen tiefgründiger Gespräche. Aber Vika redete gerne und viel. Wenn sie high war oft auch ohne Zusammenhang. Mit glühenden Wangen begann sie eine Story nur, um sich darin völlig zu verstricken. Immer wenn sie den Faden verlor, begann sie zu kichern wie so ein Schulmädchen und sie entschuldigte sich ständig. Dafür, dass sie nicht mehr weiterwusste, dafür, dass sie zu breit war. Das fand er jedes Mal so wahnsinnig süß, dass er gleich noch eine Tüte drehte, um diese Momente hinauszuzögern. Um zu erreichen, dass sie niemals endeten und Vika für immer auf seinem schwarzen Ledersofa sitzen blieb, um ihm hitzig aus dem Labyrinth ihrer ungefilterten Gedanken vorzutragen. Er hatte sich schnell in sie verliebt. Das merkte er immer dann, wenn sich dieses

unerträglich zerreißende Gefühl der Leere in ihm ausbreitete, sobald die Tür hinter ihr ins Schloss fiel und er nicht wusste, wann sie ihn das nächste Mal besuchen würde. Das merkte er immer dann, wenn sie ihn zurückließ mit dem Geld und den Junkies und seinem Leben.
Vika wollte nie enden wie ihre Mutter. Darum kaufte sie nur Gras, sonst nichts. Mehr hätte auch nicht zu ihr gepasst, dachte er. Es kann so schnell gehen. Aber eines Tages, da wollte sie mehr. Sie wollte vergessen. Sie wollte frei sein. Und er wollte Geld. Und sie war ja auch nicht sein Typ, dachte er dann. Am Ende ist doch jeder für sich selbst verantwortlich. Es ist nicht seine Schuld. Wo hätte das mit ihnen denn hinführen sollen? Wo hätte das verfickt nochmal hinführen sollen?

FLOSKELN

Learning to love yourself
It is the greatest love of all[10]

Doch, ja! Es sollte nie aufhören, Lieder über Liebe zu geben. Die Liebe ist der Schlüssel. Ohne Liebe sind wir verloren. Das zeigt doch das Leben. Schon immer.
Gescheiterte Beziehungen. Großeltern, Eltern, Kinder, Kindeskinder. Bindungsangst. Alle reden immer und überall über Bindungsangst.
Uah! Wir sind halt diese Generation und ticken so und so, weil wir Angst hiervor und davor haben. Momma! Das haben sie alles wissenschaftlich erforscht. Generation XYZ. Und wenn das erforscht ist, dann sind wir halt so. Kann man nix machen. Muss man nicht versuchen, was zu ändern. Wir sind eh schon alt. Alt und verbraucht und bald nicht mehr Zielgruppe. Die, die nach uns kommen, übernehmen die Macht. Also nutze den Tag. Ach, was! Die Nacht ist doch viel geiler! *Die Nacht ist mit mir.*
Du tust, was du tun musst. Von Anfang an haben sie dir das eingetrichtert. Und den Teller leer essen, wegen den Kiddies in Afrika. Wir leben hier in Deutschland. Du musst fleißig sein, *hustlen* und *grinden*, um zu leben. Also versuchen zu leben. Hoffen, dass du dich irgend-

---

[10] George Benson: »Greatest Love of All« (1977)

wann daran gewöhnst, während du dich einmal mehr über den ewigen Kreis ärgerst, der dich von deinem eigenen *Flow* abhält. Ein kleines Rädchen zwar, in welchem du Tag für Tag strampelst, zum Miete zahlen und Rechnungen begleichen. Aber eine große Auswirkung auf dein *Life*.

#keinezeit.

Nebenbei und Drumherum versuchst du dein Ding zu machen. Du gehst raus. Du lernst wen kennen. Und dann sind da diese Gefühle. Ey, die sind schon richtig geil, Alter! Musst du zugeben. Du denkst auch über Liebe nach und so. Dass wir die auch brauchen, die Liebe. Jemanden, mit dem wir auch beim Nichtstun nicht alleine, nicht einsam sind, weil Einsamkeit tötet. Aber dieses Leben trimmt uns immer wieder dazu, zu vereinsamen. Oder?

Ja, dann sind da diese Gefühle. Die lassen dich auf einmal mega viel nachdenken. Auch über die Zukunft und die ganze Scheiße, in der du steckst und mit der man eigentlich gar nicht klarkommt. Das kann auch voll runterziehen. Und dann ist da plötzlich dieser neue Mensch im Leben, der so süß ist. So – vielleicht nicht perfekt, das ginge zu weit – aber auf jeden Fall nah dran. Wenn es sowas überhaupt gibt, perfekt. Was ist eigentlich perfekt? Wozu gibt es das Wort? An der Spitze der Pyramide, findet man dort die Perfektion? Gibt es nicht immer einen Haken?

Du machst dein Ding. Du gehst raus. Du lässt dich ein. Du lernst wen kennen. Ihr macht rum. Sie lutscht deinen Schwanz. Er steckt dir zwei Finger unten rein. Oder da ist nix mit Sex, denn sie ist vergeben oder du hast zu viel Schiss, sie anzusprechen. Oder du liebst den einen, aber auch den anderen und das ist verboten. Da bleibt nichts, außer dieser Spannung. Was ist geiler? Ficken oder diese Spannung? Das totale Chaos. Es gibt immer einen Haken.

Also warum sich einlassen? Wir haben doch eh Angst vor der Liebe. Das haben sie wissenschaftlich erforscht. Und wir sind immer auf der Suche. Wäre doch komisch, wenn sich das plötzlich ändert. Die müssten alles neu erforschen.

NEIN HEISST NEIN

Ich muss dir was erzählen, aber bleibt unter uns.
Schwör!
Okay.
Also Freitag war ja Ladies Night mit den Mädels, da ist voll was Krasses passiert. Ich schreib mein Freund vorher so: *was machst du Beby? ich vermisse dich.*
So. Antwortet der die ganze Zeit nicht, so. Obwohl der weiß ich geh feiern. Ignoriert der mich voll. Alter, dabei sehe ich momentan so Hammer aus! Hab mir die Nägel auch frisch machen lassen. Warum ignoriert der mich die ganze Zeit?
Schreibt der irgendwann voll spät so dies das. Ohne Emotionen, als wär ich dem egal, so. Ohne Smiley mit Herz oder Küsschen und so. Scheiß drauf!
War ich feiern mit den Mädels, steht mein Ex hinter der Theke. Mit so nacktem Oberkörper nur ne Fliege um den Hals, von Club-Promo her. War ja Ladies Night. Und ich denk nur: dieses kleine Arschloch. Aber hab dem ja eigentlich schon verziehen, diese ganze Scheiße von damals, die er mir angetan hat. Dass der fremdgegangen ist und Schluss gemacht hat und alles. Und dass der immer zu mir meinte, der steht auf brave Frauen, als wir noch zusammen waren, und ich soll brav sein. Aber jetzt ist der voll der Bitchficker geworden. Dieser Hundesohn!
Der sah aber echt sexy aus hinter der Theke und hat uns alle Drinks umsonst gegeben. Wir Weiber dann so auf

die Tanzfläche, alles gegeben. Ey, ich sah so Hammer aus! Mein Ex hat die ganze Zeit auf mein Arsch geglotzt. Der stand schon immer auf mein Arsch. Und jetzt mit den Extensions, ich sah so Hammer aus, ich schwöre! Voll hübsch und enge Hose, alles, so.
Irgendwann hatte der frei und kam so zu mir und hat Komplimente gemacht, wie gut ich aussehe und wie froh der ist, dass wir uns wieder verstehen. So voll die schönen Komplimente, die mein Freund auch mal bringen könnte, ich schwöre. Und mein Ex hat mir die ganze Zeit Kippen gegeben und noch mehr Drinks. Richtig teure Drinks, so *Vodka Redbull*. Dann haben wir getanzt. Der hatte so ein Ständer! Ich habe voll den Arschtanz gemacht, immer mit mein Arsch an sein Schwanz. Der war so *horny*, ohne Scheiß.
Klar, paar Mal hatte ich schlechtes Gewissen, wegen mein Freund. Aber irgendwie war das für mich auch eine kleine Rache gegenüber mein Freund, weil der ignoriert mich ja auch voll. Der macht sich ja gar keine Sorgen, wenn ich alleine feiern gehe. Selber schuld, so. Ich bin halt jung und sexy. Kann der mal sehen.
Ich also voll Arschtanz bei mein Ex und der voll geil, und dann irgendwann lecken wir rum. Zuerst habe ich direkt aufgehört, wegen mein Freund. Das ging zu weit, aber mein Ex meinte so, muss doch keiner erfahren, lass dich doch gehen. Und meine Mädels waren halt auch alle voll dicht, haben so Daumen hoch gemacht. Und mein Ex konnte immer schon so geil küssen, also scheiß drauf.

War ja nur bisschen rumlecken. Muss mein Freund ja nicht erfahren.

Dann haben wir in jeder Ecke von diesem Club rumgeleckt, auch bisschen um uns zu verstecken, falls Kumpels von mein Freund im Club sind.

Wir haben halt so rumgemacht bis nur noch echt Scheißmusik kam, und plötzlich waren meine Mädels nicht mehr da und ich mit meinem Ex alleine, beide voll besoffen.

Sind wir raus. Meinte der, ob ich mit zu dem will. Und ich dachte mir, *ja klar warum nicht*. Ich war aber auch voll verballert. Sind wir zu dem. Ein-Zimmer-Bude. Haben wir direkt weiter rumgeleckt auf sein Bett, der Himmel draußen wurde langsam hell und er ging mir jetzt auch an die Titten, ich an sein Schwanz. Mein Freund war voll vergessen in diesem Moment einfach. Aber dann wollte mein Ex halt vögeln. Da kam mein Freund wieder in mein Kopf und ich so: *Nee lass! Ich kann dir so einen runter holen, aber Sex geht zu weit.* Dann hat der voll auf enttäuscht gemacht und meinte, das könnte ich ihm jetzt nicht antun und wieder so Komplimente. Der hatte nicht mal ein Gummi da, ich auch nicht. Keine Ahnung, wie das danach passiert ist. Kein Plan. Kann sein, dass ich dann einfach Beine breit gemacht habe oder so. Ich war auch voll besoffen muss ich nochmal dazu sagen. Richtig voll. Und der dann voll happy leckt weiter mit mir rum, schiebt sein Schwanz bei mir rein wie in guter alter Zeit. Dann bumst er mich paar

Mal, da wird mir plötzlich voll schlecht, das glaubst du nicht! Musste ich voll husten und auch plötzlich anfangen voll zu heulen, so. Der war auch voll baff, zieht den wieder raus. Ich spring auf, lauf auf Toilette und kotze voll in die Toilette und auch bisschen daneben. Überall. Und dabei hab ich geheult wie so ein *Beby*. Und dann musste ich nochmal kotzen.

So peinlich, ey! Der hat alles gehört, weil die Tür vom Bad ging nicht richtig zu. Mein Spiegelbild danach, ich sah so Scheiße aus! Als ich wieder raus kam, hatte der kein` Ständer mehr und hat so voll angeekelt geguckt.

Ich bin dann schnell abgehauen. Ey, fremdgehen ist nichts für mich. Ich hoffe der behält das für sich, ey. Sonst geh ich Polizei. Ich mein, ich hab vorher *nein* gesagt. Nein heißt nein.

KOMMST DU ODER KOMMST DU NICHT?

Der Becher ohne Henkel aus dem ich nie wieder trinke.
Reinpinkeln. Eintauchen. Rausziehen. Warten. Fuck!
Kommst du oder kommst du nicht?
Jule hat schon ein Kind. Vier Jahre alt. Voll die Rotznase. Nicht auf den Mund gefallen. Irgendwie frech auf diese ADHS-Art. Waren aufm Spielplatz und der Bengel fragt mich so:
»Was hast du in der Tasche, Frau?«
Ich so: Dies-das, Apfelschorle.
»Darf ich mal Apfelschorle probieren?«, fragt der.
Und ich denk so: Fuck, Junge! Deine Nase läuft, alles voller Bakterien. Nee, ne?
Ich frag ihn: »Haste nen Becher?«
Und er so: »Nein ich trink aus der Flasche wie immer bei Mama!«
Ich bin nicht deine verdammte Mama, denk ich. Aber kann ich ja nicht sagen, der ist ja noch ein Kind. Also, okay. Hier. Ich geb dem die Flasche. Er nimmt einen Schluck, mit voller Sabberattacke. Und die Schnudel läuft aus seinem Mund in den Flaschenhals und mischt sich mit der Apfelschorle. Spuckefäden und Rotze überall und dann gibt er mir die Flasche zurück und sagt:
»Will ich nicht mehr«
Und ich denk so: Oh nee! Bah!

»Kannst du geschenkt haben, Junge. Teil mit deinen Freunden«, sag ich, weil ich mich echt ekele.
Aber der Junge will nicht. »Nee will ich nicht mehr!«
Und dann haut der ab und lässt mich mit der angerotzten Apfelschorle zurück.
Bin ich für sowas bereit? Will ich das? Kann ich sowas lieben?
Kommst du oder kommst du nicht?
Und überhaupt. Ich bin fett geworden. Dabei dachte ich immer, bevor es dann mal soweit sein sollte mit einer Schwangerschaft, nehme ich erstmal bisschen ab. Mit Ernährungsumstellung und Sport und so. Aber meine Jeans war so eng letztens, die hat Spuren aufm Bauch hinterlassen. Sahen aus wie Schwangerschaftsstreifen. Schwabbelplauze und Schwangerschaftsstreifen. Wenn du wirklich kommst, wird das bald real. Das war's dann mit meinem Body, ist klar.
Kommst du oder kommst du nicht?
Letter to my unborn child. Tupac hat doch diesen Track gemacht für sein Kind, das aber nie geboren wurde, weil man ihn viel zu früh erschoss. Da war er jünger als ich jetzt. Zieh dir das mal rein! Auf jeden Fall hat der sich Gedanken gemacht, was er so einem kleinen Würmchen mit auf den Weg geben kann. *Get your mind right* und sowas alles. Und was soll ich dir mit auf den Weg geben, wenn du wirklich kommst? Was weiß ich schon? Was hab ich schon erreicht bis jetzt? Morgens weckt mit der Wecker. Ich gehe duschen, rauche meine Kippe, trinke

Kaffee, esse Cornflakes, fahre ins Büro und sitze da, acht Stunden. Dann fahr ich wieder zurück. Auf die Couch. Und am Wochenende Gastro, weil mein Konto immer leer ist. Und ich hab' Rücken und meine Träume vergessen. Dabei hatte ich mal viel vor. Glaub mir.

Das Ding ist, ich will dir nur was geben, womit du auch was anfangen kannst. Gibt schon zu viel unnötigen Stuff auf dieser kranken Erde. Aber ich weiß nicht was. Und dann endest du wie ich. Wär doch schade.

Kommst du oder kommst du nicht?

Die meisten kriegen doch nur Kinder, um irgendwelche Löcher zu stopfen. Ein neuer Sinn im Leben. Einsamkeit bekämpfen. Kein Bock mehr auf den Job. Jemanden haben, der dich liebt, der von dir abhängig ist. Gebraucht werden einfach. Macht ausüben über jemanden, der immer da ist zum Kuscheln. Schon schön.

Mein Ex und ich, wir hatten mal Kaninchen. Ein Männchen und ein Weibchen. Er hat nen Stall gebaut und alles, bei mir im Wohnzimmer. Aber die Viecher haben gemacht was sie wollten. Überall hingekackt und so. Ich war voll überfordert. Und mein Ex ist dann irgendwann abgehauen, hat mich mit denen alleine gelassen. Ich habe die dann ins Heim gebracht. Fertig aus.

Kommst du oder kommst du nicht?

Und dann war da dieser Dude. Kein Plan, wir kennen uns nicht lange. Aber der ist ganz nett, weil mit dem kann ich gut reden. Der hört zu, meistens. Und der hat echt ganz gute Gedanken, weil er das Leben ein bisschen positiver

sieht als ich. Aber er trinkt gern einen. Und ich weiß nicht mal, ob wir zusammen sind. Das ist kompliziert heutzutage, musst du wissen. Gevögelt haben wir. Viel zu schnell und ohne Gummi. War nicht mal besonders gut. Bin auch nicht gekommen. Er schon. Und jetzt das. Vielleicht du.
Kommst du oder kommst du nicht?
Naja. Und die Welt geht unter, weißt du? Wir sitzen hier im goldenen Käfig und damit der glänzt, strampeln wir. Und wenn ich so aus dem Fenster gucke, jagen sich Leute in die Luft, laufen Amok durch die Stadt oder fahren mit Lastwagen in Menschenmengen. Das ist auf der ganzen Welt so, musst du wissen. Schon immer. Und es rückt immer näher. Was ist, wenn du wirklich kommst und dann bricht die Zombieapokalypse aus und meine Wehen setzen ein, aber kein Krankenhaus hat auf? Was soll ich denn dann machen? Und das täte mir dann auch verdammt Leid für dich.
Kommst du oder kommst du nicht?
Ich würde dich auf jeden Fall nicht wegmachen oder so. Dafür bin ich zu alt. Aber das Ding ist, bin ich reif genug, um die Verantwortung zu tragen? Ich komm' eigentlich nicht klar auf Verantwortung. Und diese ganze Sache mit Schwangerschaft und Geburt. Mit einem anderen Lebewesen den Körper teilen. Ein Wesen, das wegen mir auf dieser Erde leben, überleben muss. Das ist *scary*. Und ich verlier' meine Freiheit, dabei musste ich hart um sie kämpfen und bin im Grunde noch immer abhängig.

Und ich wollte immer was erreichen, die große Liebe finden...

Kommst du oder kommst du nicht?

Wenn du wirklich kommst, soll es vielleicht auch so sein. Vielleicht gibt es echt sowas, wie eine höhere Macht und vielleicht weißt du Dinge, von denen ich keine Ahnung habe, die *du* mir dann beibringst, wenn ich dir richtig zuhöre. Dafür wechsle ich deine Windeln und lese ein paar Bücher über gute Erziehung. Ich lass dich im Moment leben und werde dir nie vorschreiben, was du mal werden sollst, wenn du groß bist. So nimmt das Drama nämlich seinen Lauf. Wir haben zu hohe Ansprüche und machen uns viel zu viele Sorgen um Dinge, die noch gar nicht eingetroffen sind. Wir haben Angst und laufen vor uns selbst davon. Und wir klammern. Wenn du mal achtzehn bist, dann lass ich dich ziehen, versprochen. Ich werde dich nicht festhalten. Du gehörst mir ja nicht. Aber ich bin immer da, wenn du mich brauchst. Kannst dich auf mich verlassen.

Verzeih mir nur bitte jetzt schon, weil vielleicht gibt's am Ende keine Lösung. Vielleicht stehst du hinterher genauso ratlos da. Aber es ist ja das Jetzt, was zählt. Wer weiß schon, was morgen ist.

Kommst du oder kommst du nicht?

GASTRO

Wie's mir geht?
Ich habe Hunger! Nudeln mit Maggi hatte ich. Was anderes ist nicht im Haus. Mein Geld neigt sich dem Ende, aber es ist noch zu viel Monat übrig.
Wir hatten Italiener da gestern, die sind so geizig! Trinkgeld kennen die nicht. Mein Rücken ist gefickt und von meinen Füßen darf ich gar nicht erst anfangen. Blasen wie Tellerminen. Aber den Chef juckt das nicht. Der rennt ja nicht. Hatten wir Schicht gestern zusammen, das ist eh schon der Horror, weil der einen beobachtet. Sitzt der gestern den ganzen Abend da und schwätzt mit den Stammgästen. Und ich muss rennen. Dann, kurz vor zwölf kamen noch Leute rein, wollten essen. A la Carte! Und Chef sagt:
»Sicher, gerne! Kommen Sie! Kommen Sie!«
Ekelhafter Typ! Kurz vor zwölf, Alter! Überleg mal! Kommt der dann nachts in die Küche, als ich endlich alles dichtmachen will, meint der so:
»Wie spät ist denn jetzt? Halb eins? Ja, sorry. Wird auf jeden Fall halb zwei heute«
Nur, weil der so ein Lahmarsch ist! Seine Visage, ich könnte reinschlagen! Mit jedem anderen Kollegen wäre ich um zwölf zur Türe raus. Andere Leute haben auch ein Privatleben! Denkt der nicht ran. Scheißladen!
Die scharfe Soße auf den Tischen, die Leute essen die wirklich! Wenn die wüssten! Ich kenne keinen meiner

Kollegen, der die Soße jemals ausgetauscht hätte. Wir wischen da mit dem Lappen einmal oben am Rand lang, damit das Soßenglas sauber aussieht. Das war's aber auch. Manchmal läuft sogar bisschen Dreckswasser aus dem Schwamm rein. Bah! Wer das isst, selber schuld. Und dann immer diese Ritzenspalter, ekelhaft. Das sind die fetten Säcke, wo der halbe Arsch hinten aus der Hose quillt, wenn die am Tisch sitzen. Und die sitzen dann da und fressen und geben auch kein Trinkgeld. Fette Schweine!

Ey, ich kündige! Fick das Arbeitsamt, wenn die mir dann kein Geld geben. Aber ehrlich jetzt. Ich gucke schon nach anderen Jobs. Hatte auch ein Angebot letzte Woche, an der Theke irgendwo in Hürth. Habe ich aber abgelehnt. Da hätte ich immer mit dem Auto hinfahren müssen. Hallo? Dann kann ich ja gar nicht trinken! Wie mach ich das denn? Vor allem an der Theke stehen und nichts trinken. Trinkgeld, ade.

Aber so kann es auch nicht weitergehen. Der Laden macht mich krank. So der Abfuck! Ich stehe für Samstag Spätschicht im Plan, dabei habe ich vor fünf Wochen schon angemeldet, dass ich da frei brauche. Ey, einen Samstag im Monat wird man ja wohl mal frei haben können! Ist das nicht mein gutes Recht?

Lisa heiratet am Wochenende. Wie schön für sie. Nicht. Alle heiraten, kriegen Kinder. So eine Scheiße. Ich habe zwar auch letztens einen Typen kennengelernt, aber vergiss es. Das wird nix. Der gibt Scheiß-Trinkgeld! Nett ist

der schon, alte Schule. Mit Türaufhalten und aus der Jacke helfen. Und seine Eltern haben Kohle. Waren wir essen, alles tutti. Richtig schick, mit Kerzenlicht, alles Drum und Dran. Der hat auch bezahlt.
Aber Trinkgeld? Zwanzig Cent, Alter!
Geht gar nicht!
Wie geht's dir denn?

FEIERABEND

Hanging out all by myself
I don't want to be with anybody else
I just want to be with you
I just want to have something to do[11]

Meine Zunge brennt und mein Gaumen auch. Zu viele Waldfruchtbonbons gelutscht. Nach der Hälfte Lutschen habe ich die Dinger jedes Mal zerkaut und die scharfen Bonbonsplitter bohrten sich in mein Zahnfleisch. Eigentlich mag ich auch keine Waldfruchtbonbons. Von denen bekommt man Mundgeruch. Aber die Dinger lagen halt in dieser Schüssel auf dem Konferenztisch. An dem musste ich ja den ganzen Nachmittag lang sitzen. Ohne Essen. Nur diese Bonbons und Kaffee. Zusammen mit den Kollegen und Abteilungsleitern und dem Geschwafel. *Jour Fix* nennen die das. Jede Woche treffen und schwafeln. Und petzen. Und meckern. Und lästern. Und antreiben. Und nix.
Und mein Rücken. Und die Knie. Und mein Kopf.
Dann Sushi zu Abend aus der Tiefkühltruhe im *REWE*. Der hat noch auf nach Feierabend, auch wenn die Kassiererin so spät echt abgefuckt ist. Das Sushi tau ich in der Mikrowelle auf. *Defrost*. Erstmal fünf Minuten lang.

---

[11] Ramones: I just wanna have something to do (1978)

Aber die Lachs-Nigiri sind danach noch halb gefroren, darum stell ich nochmal fünfzehn Minuten länger ein.

Bin währenddessen aufs Bett. Jogginghose. Kinderriegel. Tablet an. Bisschen *YouTube*. Bisschen *Yoga für Anfänger* gucken. Vielleicht probiere ich das mal aus. Aber nicht jetzt. Wenn ich mal frei habe. Jetzt erstmal bisschen fernsehen. Bisschen zappen. Tagesschau. *Galileo*. So ne Doku. Ne Frau im OP. Laserskalpell. Ne Tussi die erklärt, dass es raucht und verbrannt riecht. *Das Abtrennen des weichen Gewebes ist ein aufwendiger Prozess. Sonst kommt man zu einem Ergebnis, das nicht anschaulich ist. Man muss arbeiten wie ein Designer. Die OP dauert zweieinhalb Stunden. Danach vier Wochen kein Verkehr und keine Reibung. Das muss man mit in Kauf nehmen, wenn man sich die Schamlippen umformen lassen will.*

Und plötzlich *Ping*. *Facebook*. Du schreibst. Wie es mir geht. Und ich lese. Und ich warte diese obligatorische Verzögerungszeit zwischen Empfang einer Nachricht und der Antwort darauf. Um vorzutäuschen, ich sei *busy*. Nicht, dass du denkst, ich sei einsam. Als hätte ich kein Leben. Als würde ich nur leben, um zu posten. Leben für *Facebook*. Leben, um dir zu schreiben.

Und dann antworte ich dir doch. Und ich schreibe und schreibe. Und dann ist da dieser Moment, in dem ich merke, dass die Nachricht viel zu lang ist und dass du vielleicht denken könntest, ich sei einsam. Als hätte ich

kein Leben. Als würde ich nur leben, um dir zu schreiben. Darum lösche ich wieder. Alles.
Und dann riecht es auf einmal nach Essen. Und ich gehe in die Küche und das Sushi ist gekocht mittlerweile. Na super. Gleich *Netflix* und pennen. Morgen wieder Arbeit.

DISTANZ

Sie

Sie weiß noch, da war dieser Dude. Da war diese Spannung zwischen den beiden, deren Energie anhielt nach jeder Begegnung. Der Unscheinbare, der Verwegene, so unnahbar. Und jedes Mal so tiefgründig in seltenen Momenten, in denen er sich öffnete. Aber sonst war da nichts. Das dachte sie zumindest.
Und dann eines Tages.
Ein Blick. Es beginnt immer mit einem Blick.
Ein Blitz.
Und dann diese Energie, die du nur spürst, wenn es *Bäng* macht. Diese gute Energie, fast wie kommen. Aber nur ganz kurz. Einen Herzschlag lang. Nicht diese dunkle Energie, die dich auslaugt, die dir deine Kraft entzieht und dich anschließend tagelang im Bett liegenlässt. Am liebsten. Um wieder aufzutanken, wenn du nur könntest. Wenn das Tagwerk nicht wäre. Diese kranke Energie, von der einfach so verdammt viel da ist in dieser wunden Stadt. Scheiß-Energie, so ansteckend, dass du vor ihr die Augen verschließt, den Blickkontakt meidest, so gut es eben geht. Du *fakest*, um nicht aufzufallen. Sein wie alle, damit sie dir ihren Stempel nicht aufdrücken. Sein wie alle, das heißt: Augenkontakt und ein fester Händedruck. Darum packst du zu und guckst deinem Gegenüber zwischen die Augen oder auf den Nasenrücken, weil du mit

all den Schwingungen nicht klarkommst, die ein echter Blickkontakt mit sich bringt.
Und dann eines Tages.
Dieser Dude und sie, die Lady.
Die Blicke kreuzen sich.
Und ihre Gedanken fliegen, wie sie es in Momenten wie diesen immer tun.
War da schon was zwischen uns?
Mein Geist, meine Seele, mein Herz.
Und dann entlädt sich alles. Ein Tanz der Moleküle.

Er
Er weiß noch, auf einmal war da diese Lady. Die Schüchterne. Und ihre Blicke treffen sich. Magic-Moment-mäßig, zu schnell vorbei. Sie saß schon wieder da, ganz in ihre eigene Welt versunken.
Aber plötzlich war alles anders.
Und auf einmal war sie öfter da.
Dann war sie überall.
Und obwohl er sie schon so oft vernommen hatte, hörte er zum ersten Mal wirklich ihre Stimme. Auch wenn sie sehr schnell spricht und er ihr nicht immer folgen kann, so hört er gern zu, fasziniert von ihrer Fähigkeit, Dinge auf neue Weise zu verknüpfen, während ihre Blicke rastlos durch den Raum wandern. Und ab und zu diese Spannung, dieses Leuchten, immer dann wenn sie ihm in die Augen guckt. Da brennt ein Feuer in ihr, aber sie schürt es nicht. Nur dann, wenn sie sich ansehen.

Sie

Und eines Tages, sie sitzt gefesselt an den Schreibtisch, um die Pflichten des grauen Alltags zu vollbringen, abgelenkt von diesem neuen Song bei *Spotify*. Eine Melodie. Diese Melancholie.

The mystery in your eyes
will hold me
haunt me
till I die[12]

Ein Gedanke an ihn. Aber keiner dieser trübseligen der letzten Tage, voller Verwirrung, Blockaden, Unsicherheiten und dem Drang alles kontrollieren zu müssen. Keiner dieser Gedanken aus Angst vor den eigenen Gefühlen und deren Konsequenzen. Kein: *was wäre wenn und wie soll es weitergehen?* Nein, es war ein purer Gedanke. Rein. Der Gedanke an ihn war frei. Sie ließ ihn los. Und irgendwo da draußen stieß der freigelassene Gedanke auf seine Wellenlänge.

Ein Augenblick später: eine Nachricht von ihm auf ihrem Bildschirm.

Ihr Herz springt.

Er

Eigentlich steht er nicht auf Schwarze. Bei denen tritt man zu oft ins Fettnäpfchen, wegen der *Political Correctness*. Das respektiert er ja. Aber die sind halt so

---

[12] Joon Moon: »Chess« (2015)

schnell beleidigt, wenn man was Falsches sagt. Bei ihr hingegen ist das schon anders. Sie schert sich nicht darum. Da ist diese Tragik. Diese sexy Tragik. In ihr steckt alles, aber sie verschließt sich. Ja, bei ihr's anders. Keine Ahnung warum. Sie strahlt was aus. Und sie ist süß. Und jetzt geht sie ihm nicht mehr aus dem Kopf, er muss ständig an sie denken. Irgendwie.

Sie
Er trinkt kein Wasser, da fehlt ihm der Geschmack. Er weiß schon, dass die Ernährung dich umbringen kann, hat er mal eine Doku drüber gesehen. Aber er ist halt Single und da bleibt immer was übrig, wenn er kocht und er will Essen nicht wegschmeißen und nimmt sich selbst nicht wichtig, weil die Welt doch eh vor die Hunde geht und wir daran nichts ändern können. Darum isst er Scheiße. Aber er hat den Tabak gewechselt und trinkt erst frühestens Donnerstag sein Bier, macht ab sonntags dann Pause. Ein Fortschritt, wie er findet. Und dass er ihr das jetzt alles so anvertrauen kann, liegt nur an ihrem Vibe.

Er
Auf den Blickwinkel kommt es an im Leben, sagt sie. Er hat für sie gebacken. Sie sagt, sie verzichtet auf Weizen, weil sie bei ihrer Blutgruppe kein Gluten essen soll. Das hat sie gelesen. *Du bist, was du isst.* Aber seine Pizza schmeckt zu gut und überhaupt die Zeit mit ihm, sie

wüsste gar nicht mehr, was sie ohne tun sollte. Und er versucht sie nicht anzustarren, während sie erzählt. Ihre strammen Schenkel auf seinem Kissen. Sie ist beweglich, sitzt im Schneidersitz auf dem Bett und blickt auf die Tannenspitzen draußen vorm Balkon und freut sich, wegen diesem tiefen Grün und dem leuchtenden Himmel. So'n Kleinscheiß, der sie happy macht. *Same same.*

Sie
Er sagt, das mit ihnen sei wie eine Serie. Jede Begegnung gleicht einer neuen Episode. Man weiß nie was passiert. Wie Recht er hat, denkt sie.
Doch jetzt ist der Empfang gestört. Weißes Rauschen und trübe Gedanken. Seine Frequenzen stechen. Er sagt, sie soll endlich aufhören sich zu verstecken und er schimpft auf das Ideal der Kulturgesellschaft. Er begreift nicht, dass es Kunst ist. Ihre Kunst. Eine von vielen. Er hat keinen Respekt und keine Geduld. Er begreift nicht, dass es so einfach sein könnte. Und überhaupt. Und nie meldet er sich. Und immer sieht er schwarz.
Aber seine Augen. Seine Hände. Sein Wissen. Und diese leidenschaftliche Verletzlichkeit. *And so many words left unsaid.* Und all diese Regungen im Raum, wenn sie zusammen sind, es knistert laut. Aber sie hält sich zurück, er soll den ersten Schritt tun. Wenn nicht, dann nicht. Dann sollte es nicht sein.
Aber er hält still und nichts passiert.

Er
Eines Tages war vorbei. Da ging sie ihm plötzlich auf die Nerven. Welches Spiel will sie spielen? Was sind die Regeln? Sie zerreißt sich doch das Maul, immer dann, wenn sie nicht bei ihm ist. Ihr schöner Mund. Dieses Lachen, dieses Lachen von dem er dachte, dass es einzig und allein ihm gehört, das strahlt vor Leben. Aber dieses Lachen lacht sie auch da draußen. Soll sie ihr Spiel doch alleine weiterspielen.
Sie kann von Glück sagen, dass er sie in seine Welt ließ. In seine dunkle Welt, in der für jemanden mit ihrem Sinn die Dinge zu beleuchten gar kein Platz ist. So lauten die Regeln. Schon immer. Und jetzt lässt er sich von ihr seine Prinzipien brechen? Sie tanzt ihm auf der Nase rum. Wann hat sie ihm zuletzt in die Augen gesehen? Ihre Augen. Ihre tiefschwarzen, blinden Augen. Sieht sie nicht, was sie mit ihm macht?

Beide
Ich denke an Liebe, die ganze Zeit. An Liebemachen. Mit dir. Endlich. Unendlich. Eine zu langanhaltende Umarmung, die diese Schwelle der Kontenance überschreitet, sich in einen Moment der Erleichterung, der Erfüllung wandelt. Ich darf dich halten und es ist so geil, weil du scheinbar nix dagegen hast, weil du mich auch hältst und mein Herz pumpt all dieses Glück und diese Geilheit durch meinen Körper und ich spüre, dass du es auch spürst. Im Einklang. Unsere Melodie, eine Symphonie,

ein Orchester. Und es ist unerträglich. Unerträglich. Darum wollen wir mehr und Hingabe...

Er

Er kommt schon klar. Alleine. Er braucht sie nicht. Er weiß gar nicht, ob er das wirklich will. Sich binden. Es gibt so viele da draußen, wer garantiert ihm, dass sie die Richtige ist? Wir leben alle nur einmal und so alt ist er auch noch nicht. Darum macht er erstmal einen Cut und wartet ab. Sie meldet sich schon. Wenn nicht, dann nicht.

Sie

Er meldet sich nicht. Vielleicht besser so. Sie hätte ihn nie ansehen dürfen. Viel zu oft denkt sie daran zurück. Die zitternden Finger, der flüchtige Blick. Die Schwingungen. Leise Töne, laut im Herzen. Ab jetzt wieder Distanz.

BILD DIR DEINE MEINUNG

Ich hab Schluss gemacht mit dir. Gestern war Terror in Paris und du hast jetzt dieses Profilbild mit der französischen Flagge. Dabei gab's letzte Woche erst Terror in Beirut. Wo war da deine Solidarität für Libyen? Jeden Tag Terror. Und jetzt diese Frankreichfahne, nur weil es im Land nebenan passiert?
Es ist aus zwischen uns!
Jetzt bin ich dicht, stehe in der Crowd, Scheißmusik und mein frischgestochenes Tattoo juckt unter der Frischhaltefolie am Bein.
Das hier ist also mein Leben. Hier. Jetzt. Ohne dich.
Ich muss hier raus, rauchen. Ein wildfremder Typ kommt auf mich zu, lallt:
»Mir ist was passiert, das muss ich dir jetzt einfach erzählen«
»Na, dann tu mir ne Kippe und erzähl mal«
Und er erzählt: »Ich hab heute da drüben an der Ampel ein Mädel davon überzeugt, vom Rad zu steigen und mit mir hier in den Club zu kommen, um sich eine Meinung zu bilden«
Und ich so: »Krass, richtig gut! Das machen die wenigsten heutzutage. Also auf offener Straße Leute anquatschen ohne gleich nen PR-Event draus zu machen oder ne Social Media Kampagne«

Und er so: »Ja, andere dazu bringen, sich eine Meinung zu bilden. Und die wenigsten würden sich darauf einlassen. Sie hat es gemacht. War richtig gut«
Und ich so: »Genau! Richtig gut, Alter!«
Und er so: »Ja, war auch echt schön. Sie stand am Rand, wollte nicht direkt ins Getümmel. Aber es gefiel ihr. Dann bin ich mal weggegangen. Mein Kumpel wohnt obendrüber. Bin fünf Minuten hoch, nur schnell ne Line ziehen. Als ich wiederkam, war sie weg. Ihr Fahrrad auch. Wäre ich doch nicht gegangen«
Und er redet weiter. Darüber, wie gern er sich einen Bart wachsen lassen würde, aber er arbeitet für so ein großes Unternehmen mit amerikanischer Führung. Sein Chef meinte neulich schon, er sähe aus wie ein Penner und wenn er genug Geld hätte, würde er gar nicht mehr da arbeiten gehen. Dann würde er nur noch das machen, was ihn erfüllt. Vielleicht was mit Musik.
»Wir sollten doch alle nur das tun, was uns glücklich macht«, sagt er. Und ich denke an dich und deinen Vollbart und daran, wie ich zu dir sagte:
»Ich guck mir den ganzen Kram bei YouTube ja nur an, weil ich eine Lösung suche für all den Wahnsinn. Verschwörungen und *Mind Control*, okkulte Eliten, die uns an den Kragen wollen«
Und du bliebst ganz ruhig und hast gesagt: »Die Lösung sind wir doch selber. Das, was wir aus unserem Leben machen. Nicht das Internet oder Fernsehen. Wir müssen selber rausgehen, die Dinge erleben, den Wind im Ge-

sicht spüren. Mit den eigenen Augen sehen, mit den eigenen Sinnen fühlen. Wo man nicht dabei war, das hat man nicht erlebt«
Und jetzt vermisse ich dich.

TANTE BETH

Ich könnt auch Tracks darüber schreiben wo denn bitteschön der Sommer bleibt. Doch so'n Dreck ist mir zu anspruchslos, Formel 1[13]

Ich träume von so nem Tag im Bett. Oder ner Woche. Oder nem Leben. Mit dir allein im Bett. Für immer. Aber du bist gegangen. Ich war dir nicht treu.
Und jetzt liege ich hier. Allein. Regen prasselt auf die Dachschrägen. Ab und zu fährt ein Auto über nassen Asphalt draußen auf der Straße. Oder ein Flugzeug rauscht durch die Wolken. Fenster auf Kipp. Ganz leicht dieser Geruch, wie immer wenn es regnet. Nach Erde. Erinnert mich jedes Mal daran, dass es auch noch sowas wie Natur gibt, und gute Zeiten. Das vergisst man manchmal hier im *Concrete Jungle*. Grau und kalt ist es. Der Sommer ist tot. Damals hat's ihn noch gegeben. Und Ferien. Echt und heiß und prall.
Die Alten schickten mich jedes Jahr sechs Wochen zu Grandma und Grandpa raus aufs Land nach *Chicken McCounty*. Da hing ich dann in der Hitze und vertrieb mir die Zeit mit den Kids aus der Nachbarschaft wie die kleinen Strolche. Granny und Grandpa hatten immer was zu tun für uns. Sie schickten uns raus zum *McCounty Lake*, Schwimmen und Kanufahren. Oder Zitronenpflü-

---

[13] Veedel Kaztro: »Liegen Fliegen« (2014)

cken auf den Plantagen vom alten Gregory. Granny verschwand oft mit ihm in seiner Gartenlaube und schloss die Tür hinter sich zu. Drinnen zwitscherten sie dann einen, hieß es.

»Ich kann es deiner Grandma nicht verübeln. Der alte Gregory macht nun einmal den besten *Lemon liqueur* von ganz *Chicken McCounty*«, sagte Grandpa jedes Mal schmunzelnd, wenn Granny nach ihren Abstechern beim alten Gregory mit glühenden Wangen in Schlangenlinien auf dem Rad wieder in unsere Straße einbog. Dann machte sie mir summend frische Zitronenlimonade, die ich abends auf der Veranda in der quietschenden Hollywoodschaukel trank, und dabei zusah, wie ein Gewitter aufzog, und dieser Geruch. Nach Erde.

Tante Beth lebte auch in dem Haus. Sie schlief meist, bis die Sonne schon tief überm Horizont hing und die Felder in ein sentimentales Gold hüllte. Tante Beth trug Ohrringe, so groß wie Untertassen, und Lippenstift, so rot wie die Kirschen an Grandpas Baum im Garten. Sie verließ das Haus bei Dämmerung und kam erst in der Früh wieder zurück.

Manchmal langweilte ich mich. Dann streifte Tante Beth mit mir durch die Wälder, querfeldein durchs Dickicht und zeigte mir die Orte, an denen sie mit ihren Kumpels heimlich Pott rauchte und freie Liebe machte, wie sie sagte, denn Tante Beth war ein *Free Spirit* und ich täte gut daran, mir in Zukunft ein Beispiel an ihr zu nehmen.

Und wenn sie frühabends in der Wanne lag mit viel Schaum und brennenden Kerzen auf dem Fenstersims, dann durfte ich mich zu ihr setzen auf den heruntergeklappten Deckel der Toilette. Und sie erzählte mir Geschichten von mutigen Kriegerprinzessinnen und armen Prinzen. Ich wagte kaum sie anzusehen, so schön war Tante Beth. Mit ihren drallen Brüsten und der samtigen Haut, die feinen Härchen an Armen und Beinen. Und ich dachte mir immer, wenn ich mal groß bin, dann will ich sein wie Tante Beth. Frei und unabhängig.

Und jetzt liege ich hier mutterseelenallein im fünfzehnten Stockwerk und wünsche so sehr, du wärst hier. Stattdessen das Surren der Stadt, die Drohnen in der dicken Luft. Die falschen Wolkenschlieren, die sich ausbreiten, den Himmel mit ihrer milchigen Suppe verdrecken. Der Regen. Und nachts die grellen Lichter.

Ich will da nicht mehr raus. Aber ich muss. Immer wieder. Dabei träume ich von nem Tag im Bett. Oder von nem Leben. Mit dir, Mann. Mit dir allein.

Und ich denke zurück an *Chicken McCounty* und Grandpa und Grandma unter der Erde. An den alten Gregory. Und an Tante Beth.

MILLENIUM BITCH

Back in the days
Ich bin verreckt in the days
Ich wollte immer schon im Jet einfach weg nach L.A.
Heute kannste alles machen
Scheiß auf die Vergangenheit
Ihr merkt nicht, dass ihr in den alten Zeiten
noch gefangen seit[14]

Montag. Ich bin nicht sauer auf Dan, weil das was passiert ist, ist passiert. Ich will nicht sagen, dass es mir überhaupt nicht gefallen hat. Ich kann einfach nicht widerstehen, wenn er mich umarmt und küsst. Okay, dass er mich im Keller ficken wollte, war übertrieben. Und dass ich ein bisschen seinen Schwanz gelutscht habe. Aber naja, wir waren beide angetrunken und wer weiß, was noch wird. Wir verstehen uns halt noch, auch wenn wir nicht mehr zusammen sind. Und ich denke, er hätte sowas nicht gemacht, wenn er gar nichts mehr für mich empfinden würde. Vielleicht bin ich aber auch nur naiv und er sieht mich als seine Schlampe. Aber das glaube ich einfach nicht.

Samstag. Gestern waren Julia und ich das erste Mal seit langem wieder auf dem Spielplatz in der Siedlung. Die

---

[14] Esthaloco: »Back In The Days« (2016)

anderen waren da und Dan und Val waren halt auch da. Es war eisig kalt, darum haben wir den alten Sperrmüllsessel verbrannt, der da rumstand. Hat voll gestunken, aber war irgendwie cool. Fast so wie früher. Dan hat ein neues Handy. So ein *Nokia* mit *Snake II*. Er wollte, dass ich ihm was sende als Test. Ich sendete:

hallo dan, wie geht's? wenn du das sehen kannst sende mir mal was zurück. viele grüße

m.

Jetzt ist gleich 21 Uhr, aber er hat noch nichts geschickt. Aber egal. Auf jeden Fall sind wir danach in Julias Keller und haben Bier getrunken und geraucht und Scheiße gemacht. Irgendwann waren nur noch Dan und Val da, weil es im Keller nach Gas roch und die anderen Angst hatten, wegen Feuerzeug und so. Dann sind wir hoch in Julias Zimmer und haben Fernsehen geguckt. *Braveheart* lief mit Mel Gibson. Ich mag das Lied mit dem Dudelsack voll von dem Film. Ich habe mich mit Dan um ein Kissen gestritten auf dem grauen Sofa. Er hat süß gelächelt. Voll romantisch irgendwie. So wie im Keller, wo die Sache letztens passiert war. Ob er noch was von mir will?

Mittwoch. Heute waren Julia und ich nach der Schule in der Siedlung. Das Baggerloch war eingefroren. Wir waren auf dem Eis mit Dan und Val und Sam und noch so kleinen Kindern. Ich glaub ich mag den Dan noch mehr als mögen. Nur seine hässliche Mütze ist so abtörnend. Ich war ganz weit draußen auf dem Eis, habe Mariah Carey auf *Walkman* gehört und nachgedacht. Da haben sich alle um mich Sorgen gemacht und haben mich wieder ans Ufer geholt.

Samstag. Ich bin ich zur Anka gefahren. Wir haben gelabert und für nächsten Samstag eine kleine Party geplant, weil ihre Eltern dann nicht da sind. Ich war mit Anka in der Stadt. Boah! Ich will reich sein, dann kann ich mir alles leisten! Da gibt's so geile Sachen! Hab mir ne weiße Bluse geholt. Ein bisschen durchsichtig. Boah! Meine Titten sind gewachsen! Anka wollte sich eine weiße Mütze holen, so wie *JLo*. Aber es gab keine. Typisch! Wenn man in der Stadt etwas sucht, findet man es nicht, aber sonst sieht man es überall. Dafür haben wir uns Pommes geholt mit Ketchup und Mayo und uns irgendwo hingesetzt und beim Essen Frauengespräche geführt und noch *Prince Polo* gegessen, die Anka nach den Ferien aus Polen mitgebracht hatte. Nach dem Essen haben wir geraucht. Die Kippe nach dem Essen ist die Beste.

Freitag. Heute hatten wir nur drei Stunden Schule wegen Halbjahresende, aber die ganze Schule hatte gleichzeitig frei, darum war der Bus voll voll. Mittags bin ich mit Julia nach Mülheim zum Inder shoppen. Danach waren wir bei ihr und haben rumgehangen. Irgendwann sind wir in den Keller rauchen. Ich freu mich auf Saufen morgen und auf alle Partys, die noch kommen.

Samstag. Party bei Anka. Ich hatte das erste Mal Sex! Das erste Mal in diesem Jahr alle wieder richtig besoffen! Wir haben Korn gesoffen und Jägermeister und geraucht. Der ganze Tisch war voller Alk. Ich war voll weg! Denise und Farid hatten Sex im Schlafzimmer von Ankas Eltern!
Aber alles von Anfang. Also, Anka will was von Kenan, darum hat Julia Kenan und Dan ausgequetscht, über ihre Gefühle und Beziehungen zu Anka und mir. Dan würde nochmal mit mir gehen, hätte er gemeint. Aber nur, wenn ich frage. Aber ich frag den nicht. Um halb fünf kamen Denise, Kenan und Farid. Um fünf Dan und Val. Sie brachten Bier und Kippen mit. Wir hörten Musik, rauchten, soffen, guckten Fern und spielten *Mario Kart*. Am Anfang waren Typen und Weiber getrennt, um Männer- und Frauengespräche zu führen. Irgendwann verschwanden Farid und Denise im Schlafzimmer um zu ficken. Ich hab mit Dan in Ankas Zimmer Bier getrunken und *DMX* gehört. Plötzlich setzte er sich zu mir auf den Gummisessel und fing an mich bisschen zu befummeln. Dann sind wir aufs Bett, weil der Sessel zu wackelig war. Aber Kenan, Anka und Val kamen mit Wodka rein. Dann haben wir aufgehört und nur geredet und weitergetrunken. Irgendwann fing Dan wieder an mich zu befummeln, wir waren unter einer Decke. Naja. Ich versuchte

ihn abzuwimmeln, aber er durfte kurz an meine Titten, weil die sind ja gewachsen seit dem letzten Mal, wo er dran war. Dann saßen wir einfach nur so Arm in Arm da bis die anderen wieder abgehauen sind. Ich war so besoffen, dass ich mich hinlegen musste. Dan hat sich neben mich gelegt. Dann ging's los. Wir küssten uns und machten rum. Dann waren wir nur noch in Unterhosen. Ich fragte, ob er sein Portemonnaie dabei hätte. Er holte ein Gummi raus und dann ging's los. Boah, tat das weh! Das Gummi habe ich später mit voller Ladung Wixe drin im Mülleimer gefunden.

Val hat voll den Aufstand gemacht deswegen, aber so schlimm war das doch nicht. Mann, der soll sich nicht anpissen! Julia hat ihm schließlich auch einen geblasen, wie ich erfahren habe. Wer ist also hier die Bitch?

Naja. Mir tut alles weh. Aber auf jeden Fall habe ich es jetzt endlich hinter mir und bin keine Jungfrau mehr. Und zumindest habe ich es mit einem Typen gemacht, den ich liebe. Ich hab doch gesagt, dass ich ihn eines Tages ficken werde! Vielleicht werde ich jetzt als Schlampe dargestellt, aber ich scheiß drauf! Dann bin ich halt eine *Lil Sinner Bitch* wie Lil Kim! Ich liebe die eh! Ich bin auch nicht wieder mit Dan zusammen, aber eigentlich will ich auch gar nicht. Es kommt, was kommt. Egal, es war cool. Ich hatte jetzt schon zum zweiten Mal was mit diesem Jungen nachdem Schluss war und immer fing er an. Da stimmt was nicht. Aber ich frage ihn nicht und damit basta!

Sonntag. Ich habe natürlich bei Julia geschlafen, mein Alter erlaubt mir immer noch nicht länger als 20 Uhr draußen zu bleiben. Julia und ich sind den ganzen Tag gammelig zuhause rumgelaufen. Ohne Schminke mit Schlafanzug an. Und eben zuhause habe ich im Bett auf jeden Fall alles aus mir herausgeheult. Jetzt kann ich beruhigt schlafen. Ich werde die große Liebe schon noch finden. Auf jeden Fall.

GROSSRAUMBÜRO

In letzter Zeit verfolgt mich etwas. Eine Unzufriedenheit die ihren langen Schatten auf mich wirft. Manchmal verschwindet sie, wenn ich mich umdrehe, versteckt sich im Tagesgeschäft, taucht unter im Alltagsgedränge zwischen Geplänkel und Pflichtpunkten. Meistens macht sie allerdings keinen Hehl daraus, dass sie da ist und hüllt mich mit Genuss in ihren grauen Nebel ein. Vor allem nachts. Dann kann ich nicht schlafen, muss grübeln und werde erst morgens so langsam müde, wenn die Vögel wieder anfangen zu zwitschern und man die ersten Autos auf den Straßen hört, kurz bevor der Wecker klingelt und ein neuer Tag beginnt.

Der Alltag kehrt so viele Gedanken untern Teppich, aber die Nacht wirbelt den ganzen Staub wieder auf und spielt Psychologin, belohnt nur dann mit Schlaf, wenn ich auch wirklich über jeden verdrängten oder quer sitzenden Furz nachgedacht habe. Bis zum Ermüden halt. Fragen über Fragen, Vermutungen und Annahmen. Vorwürfe. Irgendwo in meinem Leben bin ich falsch abgebogen oder habe auf einem Umweg herumgetrödelt. Anstatt ein klares Ziel zu verfolgen, bin ich einfach so gedankenlos durch die Luft gewirbelt und tragischerweise abgestürzt, dann unglücklich gelandet. Auf irgendwas mit Medien.

Ob ich da überhaupt hinwollte, weiß ich nicht mehr. Scheinbar folgen alle um mich herum ihren Träumen, springen fit in neue Lebensabschnitte und entdecken die

Welt, tun etwas Sinnerfüllendes. Nur ich komme zu keiner Lösung. Dafür nehmen die Erkenntnisse zu. Immerhin. Zum Beispiel, ist es gar nicht so leicht, sich zu entscheiden, wenn man selber nicht weiß, was man will. Und auch, wenn man weiß, was man nicht will, ist das Ganze noch ganz schön schwierig. Die Auswahl ist zu groß. Im Westen viel Neues.
Ob ich letzte Nacht überhaupt geschlafen habe, weiß ich nicht. Zumindest holt mich die Müdigkeit ein, als ich im Büro ankomme. Es ist schwül und der Aufzug ist kaputt. Ich muss zu Fuß bis in den vierten Stock laufen, komme atemlos, klebrig und verschwitzt im Großraumbüro an.
»Morgen«, murmele ich, lasse mich erschöpft in meinen Drehstuhl sacken und fahre meinen Computer hoch.
»Morgen«, nuschelt Verena ohne mich anzusehen, weil sie eifrig in die Tasten haut.
Verena sitzt mir direkt gegenüber, aber wir sehen uns selten, weil unsere Computerbildschirme zwischen uns stehen und Schreibtischlampen und eine Topfpflanze auf Verenas Schreibtisch. Dafür füßeln wir manchmal. Unfreiwillig. Meistens bin ich froh, wenn ich mit dem Fuß nur die Steckdosenleiste streife, die unter unseren Tischen entlangläuft und nicht Verenas Bein.
Ansonsten kann ich Verena nicht besonders leiden. Sie ist eine Füchsin. Seit der Sommer sich bemerkbar gemacht hat, fängt sie bereits frühmorgens mit der Arbeit an, damit sie dementsprechend zeitig Feierabend machen kann. Um acht sitzt sie dann schon im Büro, manchmal

sogar um sieben. Das sagt sie zumindest. So genau weiß das nämlich keiner. Mit Ausnahme von Verena ist das Büro zu dieser Uhrzeit nämlich noch menschenleer, die meisten trudeln frühestens ab neun hier ein. So ist das in der Medienbranche. Wir fangen später an mit der Arbeit als andere. Dafür bleiben wir länger. Viel länger. Megasuperviel länger. Außer Verena, das Luder.

Wenn sie gegen vier Uhr nachmittags den Computer herunterfährt, aufsteht, sich ihr Jäckchen überstreift und den Reißverschluss ihrer großen Handtasche mit einem lauten Ratsch zuzieht, und dann fröhlich: »Ciao, Leute! Bis morgen!« durchs Großraumbüro ruft, dann verursacht sie damit immer ein Gefühl in mir, das mit Futterneid sehr gut zu vergleichen ist. Als würde Verena in eine Papiertüte greifen, auf der sich an einigen Stellen bereits transparente Fettflecken abzeichnen, die verdächtig auf den köstlichen Inhalt hinweisen. Als würde Verena langsam einen glänzenden Schokodonut mit Streuseln aus der Tüte ziehen, um ihn in Zeitlupe genüsslich vor meinen Augen zu verspeisen.

Mmmmmjaaamjaaaamjaaaam, lecker.

An Tagen, an denen mir eher nach herzhaften Snacks zumute ist, um den Arbeitsalltag zu überstehen, lässt sich dieses Szenario genauso gut auf Pizza mit doppelt Käse und Extra-Knoblauch übertragen. Es ist immer dieselbe Qual, Verena so früh in den Feierabend gehen zu sehen, und selber zurückzubleiben. Indem sie so früh geht, verströmt Verena den Duft süßer Freiheit oder Freiheit mit

Käsefäden, auf die ich leider noch mindestens drei Stunden warten muss und dann wahrscheinlich viel zu erschöpft sein werde, um sie gebührend zu genießen.
Um Verenas Früher-Vogel-Ding nachzuahmen, schlafe ich zu schlecht und liebe die Schlummertastenfunktion meines Handyweckers zu sehr.
»Naaa, wie war dein Wochenende?«
Verena hat fertig getippt und leitet den Smalltalk ein.
»Ja, sehr schön«, antworte ich.
»Und, hast du die Sonne genossen?«
»Na klar. War super!«, antworte ich und überlege, was ich noch sagen könnte, um nicht zu distanziert zu wirken. Lächeln, offene Fragen stellen, Gemeinsamkeiten ausloten. Smalltalk ist wichtig fürs Arbeitsklima. Wir haben übers Wetter gesprochen, die Sonne. Darum ergänze ich:
»Ich hab mir nen leichten Sonnenbrand geholt«
Wie aus dem Nichts prustet Verena los. Aber richtig, wie eine Feuerspuckerin. Es schießen sogar kleine Spucketröpfchen aus ihrem Mund.
»Sonnenbrand?«, ruft sie, so laut, dass Kevin vom Nebentisch zu uns rüberschaut.
»Ich wusste gar nicht, dass *du* so was überhaupt kriegen kannst!«
»Doch, doch das geht. Meine Haut verbrennt auch, wenn ich zu lange in der Sonne liege«, entgegne ich und versuche dabei freundlich zu klingen, dann beende ich das Gespräch, indem ich mich meinen E-Mails widme und beschäftigt tue. Tief durchatmen. Sie meint das ja nicht

böse, rede ich mir ein. Ich vergesse halt immer wieder, dass ich schwarz bin.

»Oh, echt? Das wusste ich echt nicht. Sorry, ich wollte dich nicht auslachen«, sagt Verena plötzlich und ich bin überrascht und verwirrt zugleich. Meint sie das jetzt ernst?

»Schon gut, kein Ding«, sage ich und widme mich wieder meinem Computer. Da sind Aufträge in meinem E-Mail-Postfach, die für Ablenkung sorgen. Jede Menge Aufträge. Pressezitate für den Geschäftsführer schreiben, zum Beispiel. Die muss er dann nur noch absegnen und alle Welt denkt, diese klugen Worte stammen direkt aus seinem tollen Geschäftsführerkopf und nicht aus der Feder der Praktikantin.

»Also die Freundin von meinem Bruder, die ist auch so wie du. Also so Schoko. Nur halt viel schwarzer« Verena wieder. So viel hat sie in den vergangenen sechs Monaten nicht mit mir gesprochen.

»Aha«, sage ich.

»Ja, vielleicht könnt ihr euch ja mal kennenlernen«, sagt Verena und ich frage mich ernsthaft, ob sie mich gerade verkuppeln will. Verena, der Datedoktor für *Schokos*.

»Ja«, sage ich und weiß selbst nicht, wie es rüberkommen soll. Auf so was bin ich nicht vorbereitet.

»Cool, also ich feiere am Freitag meinen Geburtstag nach. Komm doch einfach vorbei«

Jetzt hat Verena sich sogar zu mir rüber gebeugt. Sie schaut mich erwartungsvoll an. Sie will eine Antwort. Jetzt. Sofort.
»Ja, mal sehen. Freitag, Freitag. Irgendwas war da, glaube ich«, sage ich. Verdammt! Verena guckt mich immer noch an. Ich hasse es, wenn Menschen das tun. Eine Zusage erzwingen, Dinge verbindlich machen wollen. Das geht weit über Smalltalk hinaus. Das geht ins Privatleben. Ich winde mich:
»Also, ehm. Ich muss zuhause noch mal in den Kalender gucken. Prinzipiell gern. Aber ich sag dir noch Bescheid«
Puh. Gekonnt abgewendet.
»Du benutzt noch einen Kalender? Trägst du deine Termine nicht in dein Handy ein?«
Verena klingt überrascht und ich könnte auf der Stelle eine rauchen gehen.
»Nee, ich hab da einen Kalender in der Küche hängen«, lüge ich stattdessen geduldig.
»Ich freue mich auf jeden Fall. Ab acht bei mir«, sagt Verena, als hätte ich gesagt, dass ich ihrer Einladung folge und Kuchen mitbringe.
Wie komme ich aus der Nummer wieder raus?
»Verena, kommst du mal eben?«
Die Chefin unterbricht die Situation. Zum Glück. Sie ruft mit ernstem Tonfall. Ich sehe, wie sie energisch den Kopf schüttelt und mit Sicherheit runzelt sie dabei die Stirn. Erkennen kann ich es nicht, weil ihr Computer-

bildschirm den Blick auf ihr Gesicht versperrt. Völlig verschreckt schaut Verena auf, erhebt sich langsam. Sie trägt eine weiße Leinenhose, die verschwitzt an ihrem Hintern klebt, die Unterhose zeichnet sich ab. Es ist heiß. Wir alle kleben an unseren Bürostühlen fest. Ein wirklich unangenehmes Gefühl. Vor allem, wenn man urplötzlich zur Chefin zitiert wird, umringt von Schreibtischinseln. Sämtliche Augenpaare des Großraumbüros haften auf Verenas verschwitzten Hinterbacken. Merklich verunsichert tappt sie zum Arbeitsplatz der Chefin.

»Ja?«, piepst sie, als sie dort ankommt.

»Ich hab deine E-Mail bekommen. Mit dem Tweet den du geschrieben hast«, antwortet die Chefin und klingt dabei echt schnippisch. Außerdem sieht sie Verena überhaupt nicht an, sondern guckt weiter geradeaus auf ihr Display.

»Das heißt nicht, 'hast du die News schon weiter getweetet'«, fährt die Chefin fort.

»Das heißt 'Hast du die Tweets schon geretweetet'. Und allgemein heißt das nicht ‚tweeten' das heißt 'twittern': Du twitterst die Tweets!«

Die Chefin maßregelt Verena und jeder hier weiß, dass sie es genießt. *Head of Communication & PR* steht auf ihren Visitenkarten und in der Signatur unter ihren Geschäftsemails. Alles auf Englisch, wie es sich für ein fortschrittliches Unternehmen gehört. Nach amerikanischem Vorbild duzt man sich hier auch. Das irritiert mich, vor allem bei der Chefin. Darum vermeide ich es, sie direkt anzusprechen. Für mich ist sie das Fräulein Rottenmeyer der Abteilung, mehr Peitsche als Zuckerbrot mit Anrufen aufs private Handy morgens um sieben und Mammutaufgaben kurz vor Feierabend. Alles per du. Damit komm ich nicht klar. Die Chefin hingegen kommt nicht damit zurecht, wenn ihre Mitarbeiter in Sachen *Social Media* Fehler machen. Das Onlinemarketing ist ein ernstzunehmendes Geschäft, pflegt sie immer wieder zu betonen, damit steigt und fällt der Erfolg der Agentur. Und jetzt hat Verena es gewagt die simpelsten Begriffe in Sachen Twitter nicht zu kennen?

»Da musst du doch endlich mal ein Learning draus ziehen, Verena«, fährt die Chefin fort.

»Es kann doch nicht sein, dass du da ständig so grobe Fehler machst!«

Verena hat rote Flecken auf dem Dekolletee und man kann dabei zusehen, wie diese langsam an ihrem Hals bis ins Gesicht hoch wandern.

»Oh, okay sorry. Da habe ich mich vertan. Aber das war ja nur eine Mail an Sie...ehm an dich. Das hätte ich so ja nicht veröffentlicht«

Verenas Stimme zittert, sie spricht leise. Vergebens. Im Büro ist es mittlerweile so still, dass man eine Heftzwecke fallen hören könnte, wenn der Boden nicht mit einem deprimierend hässlichen, dunkelgrauen Teppich ausgelegt wäre. Alle Anwesenden sind scharf auf jede Abwechslung, die sie aus ihrer virtuellen Starre für kurze Zeit ins reelle Leben zurückholt. Alle sind sie Voyeure,

die sich an jeglicher Vorführung ergötzen, ja geradezu aufgeilen, bietet dieses Trauerspiel doch genügend Stoff für den nächsten Kaffeeklatsch in der Büroküche.
Und ich mittendrin. Räudige Mitläuferin. Völliger Verlust des Widerstands. Kein Deut besser. Teil der Mehrheitsgesellschaft. Untergegangen in der gemeinen Masse.
Ich schäme mich.
Ekelhaft.
Und trotzdem sind meine Ohren gespitzt.
»Das ist mir egal! Du vertust dich da echt oft, Verena. Wenn so was dann doch mal an die Öffentlichkeit kommt, das ist total peinlich für unsere Agentur!«
Die Chefin ist jetzt warm gelaufen und die anderen genießen das Stück.
»Nein, das geht natürlich nicht. Aber ich dachte halt, ja, also ich dachte das ist jetzt nicht so wichtig«
Verena versucht sich zu rechtfertigen. Ein Fehler.
Am liebsten würde ich ihr ein paar Tipps geben. Ich bin ganz gut darin, genau das zu sagen, was Vorgesetzte hören wollen. Der Trick ist es, sich vorzustellen, man stünde auf einer Treppe immer zwei Stufen unter seinem Chef. Nicken und große Augen machen und im richtigen Moment die passenden Fragen stellen. Interesse heucheln und bloß nicht ins Wort fallen. Keine Widerworte. Bei Ärger, keine Rechtfertigung. Niemals.
Das erspart einem so einiges. Ich nenne das: die Chamäleon-Taktik. Ich mag Chamäleons und stelle mir oft vor,

ich sei eins. Vor der Chefin bin ich dann so grau wie der Teppich auf dem Boden. Grau und unauffällig.

Chamäleons sind aber nicht zu unterschätzen. Sie harren aus und passen sich nur augenscheinlich an, lassen sich von der Fliege so lange auf der Nase herumtanzen, bis diese sich in Sicherheit wähnt. Dann schlägt das Chamäleon zu. In Sekundenschnelle mit seiner langen klebrigen Zunge.

Verena hat das nicht drauf. Vielleicht sollte ich ihr da wirklich ein paar Lehrstunden geben, denn die Chefin schleudert ihr jetzt ihren kompletten Groll entgegen.

»Nicht wichtig? Dann frag lieber zweimal nach, als selbst zu denken, Verena! Das scheint dir ja nicht besonders zu liegen!«

Verena schluckt mit glasigen Augen. Die Chefin donnert weiter. »Und zu der Frage in deiner E-Mail. Nein, ich habe deinen Text noch nicht getwittert. Dein Text ist nämlich fünfundsechzig Zeichen zu lang! Das passt so bei Twitter nicht rein. Da dürfen die Texte maximal hundertvierzig Zeichen lang sein. Also bitte umschreiben und mir dann noch mal zur Abnahme schicken!«

Jetzt sind sie fertig. Die Chefin mit ihrer Ansage. Verena mit den Nerven. Mit einem krummen Rücken schleicht sie zurück zu ihrem Platz. Die Chefin starrt weiter auf ihren Bildschirm, ohne Verena weitere Aufmerksamkeit zu schenken. Zumindest hat sie *bitte* gesagt, denke ich. Sind das schon Anzeichen vom Stockholm-Syndrom bei mir? Die Show ist auf jeden Fall zu Ende. Keiner stand

Verena bei. Alle kommen wieder in die Gänge. In den Workflow. Ich auch, ich feiges Schwein.

Der Vormittagstrott pendelt sich ein. Das Surren der Ventilatoren, das Klacken der Tastaturen und meine Kollegin Lisa, die sich im Zwanzigsekundentakt räuspert und dazwischen immer wieder die dauerverschnupfte Nase hochzieht. Die Geräusche weichen einem dumpfen, pfeifenden Ton, der sich in meinem Kopf breit macht. Verdammt, bin ich müde. So wahnsinnig müde.

Um ein Uhr ist dann Halbzeit. Mittagspause. Kollektiv schlurft die Belegschaft in die Kantine. In der Luft liegt der Geruch von ranzigem Fett und Spülmittel. Es gibt Industriepaprikahähnchen und Rahmspargel, eine exotische Kombination mit viel Tütensoße. Fader Geschmack trotz Geschmacksverstärkern. Geschirrklappern, Stimmengewirr, Smalltalk.

»Na wie geht's?«

»Ich habe Hunger!«

»Das sagst du nach dem Essen?«

»Ich hatte nur Salat. Das hält jetzt ne Stunde und dann wieder - bäh!«

»Warum isst du auch nur Salat?«

»Diät«

Zum Nachtisch gibt's Milchreis mit roter Grütze von gestern. Eine lange Schlange vorm Kaffeeautomaten. Kippe rauchen. Noch mehr Smalltalk. Noch eine Kippe. Zurück an den Schreibtisch. Mittagstief. Sehnsüchtige Blicke aus dem Fenster. Dorthin, wo das Leben stattfin-

det. Die Sonne scheint. Ich sitze hier. Und es ist erst halb zwei. Drückt meine Blase nicht ein bisschen? Zeit, um auf dem Klo ein bisschen Zeit schinden zu gehen.
Miese Entscheidung. Auf den Damentoiletten riecht es nach Spargelpipi. Außerdem hockt Verena in einer Ecke auf dem Boden und heult.
»Alles klar?«, frage ich.
»Was soll schon klar sein?«, faucht mich Verena an.
»Ich weiß es ja auch nicht«, sage ich.
»Warum weinst du denn? Wegen heute Morgen?«
»Wir hatten nen Shitstorm auf Facebook«, antwortet Verena. »Und ich hab nicht rechtzeitig reagiert. Und die Chefin ist richtig abgefuckt auf mich. Hab eine Abmahnung bekommen«
»Ein Shitstorm«, murmele ich. Normalerweise muss ich immer schmunzeln, wenn ich das Wort Shitstorm höre. Da kann man sich ja sonst was vorstellen.
»Kommst du Freitag zu meiner Party? Voll viele haben schon abgesagt«, sagt Verena dann und schaut mich mit glasigen Augen an. Da ist Hoffnung in ihrem Blick. Und Müdigkeit in meinem, gepaart mit purer Überforderung. Ich muss dringend nachdenken. Zum Beispiel über diesen Affenzirkus in dem ich hier gelandet bin. Nachdenken kann ich am besten, nach mindestens sieben Stunden Schlaf und möglichst ohne Alkohol im Blut. Das ist nur leider gerade nicht der Fall. Das Häuflein Elend Verena schaut mich immer noch an mit großen, glänzenden Bambiaugen. Ich schaffe es nicht, ihr abzusagen.

»Klar«, sage ich und meine: Nein, wirklich nicht. Ich will nicht. Nein.

Zumindest lächelt Bambi wieder und steht auf, tupft sich vorm Spiegel die verschmierte Maskara aus dem Gesicht.

»So, jetzt Contenance. Und Freitag schütten wir uns zu«, sagt sie zu ihrem Spiegelbild.

Ich verschwinde in einer Klokabine.

Kurz darauf höre ich das Klacken ihrer Schuhe, das Quietschen der Tür. Dann ist Ruhe. Ich atme durch, knöpfe mir die Jeans auf, ziehen die Hose herunter und setze mich. Ein Schreck durchfährt mich, als ich mit den blanken Pobacken auf dem Sitz lande. Ich hatte völlig vergessen, einen Schutz aus Klopapier zwischen meiner Haut und der von Bazillen verseuchten Klobrille zu platzieren. Zwei Blätter Klopapier vorne und jeweils eins links und rechts am Rand des Toilettensitzes, so mache ich das normalerweise auf öffentlichen Toiletten, wenn ich zu faul bin mein Becken zum Pinkeln über der Kloschüssel zu balancieren, ohne diese überhaupt erst berühren zu müssen.

Jetzt sitze ich da und bin zu kaputt, um mich zu ekeln, will gar nicht mehr aufstehen. Ich sitze in meiner Lieblingsklokabine, die Letzte von rechts am Milchglasfenster, das schemenhaft erahnen lässt was sich draußen abspielt. Das Fenster steht auf Kipp. Ich höre das Rauschen der vorbeifahrenden Autos auf den Straßen, die pulsierenden Adern von Köln, denen vor lauter Baustellen jederzeit eine Arterienverstopfung droht. Ich rieche Bratfett und Pommes aus der mobilen Currywurstbude draußen auf der Straße. Wenn die Fensterscheiben jetzt durchsichtig wären, könnten die Leute da draußen gemütlich ihre Bratwurst essen und mir beim großen Geschäft zusehen, hier im vierten Stockwerk des Bürogebäudes. Das heißt, die Leute würden annehmen, dass ich ein großes Geschäft erledige. In Wahrheit muss ich aber gar nicht groß. Noch nicht mal klein. Ich habe nur ein ruhiges Plätzchen gesucht. Ich habe nur ein Plätzchen gesucht, an dem ich darüber nachdenken kann, wie ich überhaupt in diese Situation geraten bin. So plötzlich. Will ich das überhaupt? Was mache ich hier? Was will ich denn? Wer bin ich überhaupt? Scheiße, ich muss dringend über mein Leben nachdenken.

NOCHE DE SAN JUAN

»Die meisten Menschen sind irgendwie immer so von einem Schlag. Alle gleich, überall Doppelgänger. Aber so einen wie dich habe ich noch nie getroffen«
»So eine wie du ist mir auch noch nie begegnet«
»Ich habe auch noch nie jemanden getroffen, der war wie ich. Außer dich«

Warum sagen wir, die Sonne wandert, wenn doch eigentlich wir selbst es sind, die sich im Kreis drehen? Ich bin mal kurz stehengeblieben, war außer Atem. Habe tief Luft geholt.
Und dann kamst du.
Komm schlaf bei mir...
Ich tat es.
Ich blieb.
Mit dir kann ich vor mir selber fliehen. Ich verändere mich, weißt du? Früher war ich anders. Jetzt bin ich glücklicher, freier. Wie ich will. Und ich bilde mir ein, dass ich andere deswegen enttäusche. Vielleicht schäme ich mich dafür, wer ich bin. Vielleicht habe ich ein schlechtes Gewissen, wenn es mir gutgeht. Kein Plan.
Auf jeden Fall lässt du mich das alles oft vergessen.
Mir wird's auch nicht für immer gutgehen, weißt du. Keinem geht's für immer gut. Scheiße ist vorprogrammiert. Wie das Verdauungssystem. Du isst den ganzen Pott *Ben & Jerry's* alleine auf und hast dabei ne ver-

dammt gute Zeit. Später hockst du mit Krämpfen aufm Klo. Wir alle machen Kackzeiten durch. Das Leben ist nicht immer *Ben & Jerry's*.
Auch mit dir nicht. Und mit mir.
Schreien. Weinen. Blaue Flecke. Vorwürfe und Würfe. Die zerbrochene Schüssel auf den Küchenfliesen. Ein Erbstück. Da war Reis drin und der ganze Reis fliegt jetzt hier rum. Eine Vase fliegt hinterher.
Schreien. Heulen. Blaue Flecke.
Vorwürfe:
Mein Vater war schon kaum für mich da. Jetzt musst du mir deine volle Aufmerksamkeit widmen. Ich bin ein Star! Ein Stern, das ist sogar die Bedeutung meines Namens. Und wenn du das nicht verstehst, bin ich hier raus!
Aber ich bin ein Egoist. Ein Träumer. Mit dem Kopf in den Sternen, in einer anderen Galaxie. Im Schwebezustand und in mystischer Atmosphäre, weit weg von hier. Überall, aber nicht hier bei dir und das leider gerne.
Wut. Erschöpfung. Müde, müde, müde.
Mit dir brauch ich am nächsten Morgen *Aspirin*. Und trotzdem vergehen nur ein paar Stunden und ich will wieder zurück. Und du willst wieder zurück. Zu uns. Zur Liebe.
Du hast gesagt, du weißt nicht, wohin die Reise geht. Das ist lange her und mit dir ist heute noch wie Urlaub. Langes Frühstück und chillen am Strand. Zeitlos. Ohne Handy und Uhr. Leben in Dekadenz. Einen Sonnen-

schirm kaufen, den wir nicht nutzen, auch wenn du sagst: Der Wind ist tückisch. Jetzt hast du Sonnenbrand. Überall. Und ich reib dich mit Gel ein. Überall. Und irgendwann mittags: Burger und Bier und Eiscreme in ner schattigen Seitenstraße. Und du hilfst mir aussuchen, weil es so viele Sorten gibt, dass ich mich nicht entscheiden kann. Und wir gehen spazieren. Sexshop. Zwischen Titten und Ärschen schlendern wir Hand in Hand durch die Gänge zu spanischer Kastagnetten-Musik. Ein Schläfchen im Hotelzimmer. Musik hören, nichts tun, Oralsex. Gestern Abend auch schon Sex. Und heute Morgen. Wir vögeln wie die Karnickel.
Dann Duschen. Dann wieder raus. Mango Drinks schlürfen und jemanden finden, der uns Weed vertickt. Durch die Straßen laufen. Verlaufen. Dann: *pssst*. Du Held quatschst einen Dude an. Er trägt ein rotes Hemd und sagt: *Twenty Euro*. Wir folgen ihm bis zu einem anderen Dude. Der trägt ein blaues Hemd und dem folgen wir weiter durch die engen Gassen bis keine anderen Menschen mehr zu sehen sind. Vor einem abgewrackten Haus bleibt er stehen, öffnet die Tür, wir gehen rein, Treppe hoch in eine Wohnung. Der Typ heißt Fani und macht den Job auf Kommission, sagt er und schreibt uns seine Nummer auf, weil er auch Koks besorgen könnte. Aber wir stehen nicht auf Schnee. Wir bleiben auf der Wiese.

Im Nebenzimmer ist auch einer. Sitzt in Unterwäsche breitbeinig aufm Sofa und putzt seine Knarre. Wir zahlen und können wieder gehen. Normal. Bonnie und Clyde.
Wieder zum Strand. Und philosophieren. Wie alt wärst du, wenn du nicht wüsstest, wie alt du bist? Glaubst du, dass die *GPS*-Funktion wirklich aus ist, wenn du sie ausschaltest? Oder deine Frontkamera?
Zeitvergessen. Und parallel geht die Welt unter. Aber nicht unsere. Und der Mond leuchtet hell und die Menschen rennen kreischend an uns vorbei, stürzen sich in die Fluten. Auf dem Rückweg nimmst du meine Hand. Hinter jeder Ecke und verwinkelten Gasse lauert die Gefahr. Zu unseren Füßen eine Explosion. Wir fliehen in eine der Gassen auf die Lichter zu. Musik ertönt, näherkommendes Stimmengewirr. Ein Rastafari hält einen weißen Pappbecher in der Hand. Eine Oma wippt ein Kind auf ihrem tätowierten Arm. Bierbänke und Tische, buntbemalt, an denen Leute sitzen. Die verschiedensten. Essen und Trinken. Losbuden und dampfende Grills, Kohle und gebratenes Fleisch. Und deine Hand in meiner. *Noche de San Juan*. Der Sieg des Guten über das Böse. Der Sieg der Liebe.
Mit dir ist wie Urlaub.
Und wenn ich irgendwann Ende August, in guten Jahren auch Mitte September, meine Sandalen ausziehe und mir denke: Fuck! Das wird jetzt verdammt lange dauern, bis ich die wieder anziehen kann. Jetzt kommen die Socken zurück und die unbequemen Jeans, die Pullis und dicken

Jacken, die kalten Hände und kahlen Bäume. Die Dunkelheit. Die Kälte. Ja, wenn ich dann die Sandalen zum letzten Mal ausziehe und denke: *Im Sommer ist das Leben und im Winter das Überleben*, dann bist da immer noch du. Dann bist du da. Wie geil ist das denn!
Wie wunderbar.
Die Reise geht weiter.
Danke.

ESO-KRAM

Sie sagte, seitdem sie aufgehört hat mit Saufen, ist sie auf dem spirituellen Trip, glaubt an die Kraft des Universums und das Gesetz der Anziehung. Dass man alles manifestieren kann, was man sich wünscht. Man muss nur fest genug dran glauben mit positiven Gedanken und Gefühlen. Gleiches zieht Gleiches an.
Aber ich bin da skeptisch. Das klappt dann ja nicht nur mit guten Dingen, oder? Woher weiß das Universum, was gut ist und was schlecht?
Wenn ein Mörder zum Beispiel voller Glücksgefühle und Geilheit an seine nächste Tat denkt und diese Tat somit manifestiert, woher weiß dieses Universum dann, dass das eigentlich große Scheiße ist und voll böse? Kann das da unterscheiden? Wenn der Mörder sich doch so freut und all seine positiven Energien freisetzt und sein Opfer dann wirklich killt. Mit Freude! Warum passiert denn so viel Scheiße auf der Welt?
Elfter September. Da gibt es ja so Theorien. Oder Bilderberger. Google das mal. Kaum einer weiß, was da los ist, wenn die sich treffen. Vielleicht hocken die da und manifestieren voller Geilheit die ganze Scheiße, die sich anschließend peu à peu bewahrheitet auf unserer Welt. Heimliche Abkommen und Terror, Kriege und Waffen.
Gott spielen. Sie sagte, das können wir ja alle. Gott spielen. Jeder einzelne Mensch. *Die Macht steckt in uns, die*

meisten wissen das nur nicht, weil wir vergiftet sind und uns selbst nicht leiden könnten. Und weil wir abhängig sind von so vielen Dingen und nie zur Ruhe kommen. Und Energien, Mächte wirken stärker in der Gruppe. Geballte Power. Aber bei uns heißt die Macht nicht Zuversicht, bei uns heißt sie Angst. Die herrscht über uns, wir sind die Opfer. Und du endest halt schnell wie Johanna von Orléans, als brennende Hexe, wenn du dich von der Scheiße loslöst und und deiner inneren Stimme folgst. Hat sie gesagt.
Johanna von Orléans? Bleib mir mal weg mit Religion, denk ich da nur. Aber sie sagte, das Christentum und der Islam, die sind im Grunde gar nicht so böse. Da gab es halt mal nen Jesus und nen Mohammed, so wie es heute tausend andere gibt. Michael Jackson. Rio Reiser. Dalai Lama. Gandhi. So Stars halt. Mit Message und vielen Fans. Oder wie Buddha. Ja, genau.
Und dann gab's halt ein paar Leute, die eben aufgeschrieben haben, was sie von dem Hype mitgekriegt haben oder die Geschichten, die man ihnen erzählte. Vielleicht auch nur Märchen. Oder nen Mix aus Fiktion und *Non-Fiction*. Wer weiß schon, was stimmt?
Alles was wirklich existiert, ist doch nur deine eigene Realität, sagte sie. Da ist was dran. *Du kannst ja gar nicht wissen, ob die Welt wirklich so aussieht, wie du sie wahrnimmst. Vielleicht sieht alles anders aus in der Realität eines anderen. Vielleicht siehst du rot, aber ich sehe gelb. Und wir merken das nicht, weil wenn ich gelb*

sehe, ist das dann für mich rot und umgekehrt bei dir. Ich weiß grad nicht, ob das Sinn macht, aber es macht allgemein Sinn überhaupt mal drüber nachzudenken. Es gibt doch so viele Realitäten auf der Welt, wie es Lebewesen gibt.

Aber *back to Jesus*. Oder Mohammed. Oder Buddha. Diese Stars mit ihren spirituellen, erweckenden Botschaften und magischen Fähigkeiten, die in uns allen drinstecken und zu deren Entwicklung die Propheten uns mit ihren Tipps anregen wollten, sagte sie.

Damals gab es halt noch keine *YouTube*-Channel. Man ist von Stadt zu Stadt, Markt zu Markt, *Speakers Corner* zu *Speakers Corner* getourt, um seine Message zu *spreaden*. Naja, aber dann kamen auch schnell die Ottos, die anfingen, diese Macht auf Kosten anderer zu missbrauchen. Sie gründeten Kirchen und Logen. Eine Elite. Alles im Verborgenen, alles Gute nur noch für die *Rich Motherfucker*, die damit begannen, die Geheimnisse für sich zu hüten und mit kollektiver Kraft die Menschheit zu unterjochen, manipulieren, vergiften...

Sie sagte, Gott ist gut, wenn du gut bist, weil du Gott bist. Gott ist gut, wenn du gut bist. Zu anderen und zu dir selbst. Dann fing sie von Selbstliebe an, wie wichtig die ist, aber da ging mir das alles auf den Geist, dieser Eso-Kram. Das hat mich alles runtergezogen mit der kranken Welt und an Gott glaube ich eh nicht. Und dann sagte sie gar nichts mehr und ist einfach weggeflogen.

SCHÖN

Es ist nicht schön, dass jetzt alles anders ist und niemand mehr vorbeikommt, weil es regnet.
Es ist nicht schön, dass du dich einsam fühlst und alt und dass das Leben bitter schmeckt.
Es ist nicht schön, dass du das Schwein gegessen hast, fein gewürfelt und köstlich-kross gebraten, aber es jetzt grunzt in deinem Bauch.
Es ist nicht schön, dass dein einziges Kind nicht mehr lebt und sie von dir verlangen, jeden Tag zu lächeln.
Es ist nicht schön, dass sie ein Kind von dir erwartet, dabei wolltest du gerade die Koffer packen, *Freebird* auf den Ohren, der Sonne entgegen.
Es ist nicht schön, dass du heute Abend schon wieder zu tief ins Glas schaust und deiner Freundin ins Dekolletee kotzt, anstatt mit ihr Liebe zu machen - die ganze Nacht.
Es ist nicht schön, dass du schon wieder schlaflos auf deiner Seite des Bettes liegst und seit Jahren ungevögelt daran festhältst, wie schön es damals war.
Es ist nicht schön, dass er zum Scheißen mit ner Kippe auf dem Klo war und du danach ins Bad musst.
Es ist nicht schön, dass du trübselig bist und davon überzeugt, du hättest es nicht anders verdient.
Es ist nicht schön, dass du dachtest, dein Alter hasst dich, weil er dich zu oft verließ und dir zu selten seine Liebe zeigte.

Es ist nicht schön, dass du weg bist, ohne ihm vorher zu verzeihen.

Es ist nicht schön, dass er jetzt tot ist und nie wiederkommt. Nie mehr, außer in deinen Gedanken. Und es ist nicht schön, dass du dich an ihnen festkrallst und sie in deinem Kopf dunkle Kreise ziehen.

Es ist nicht schön, dass du keine Mutter mehr hast, die für dich da ist. Endgültig. Und es ist nicht schön, dass es dich zerreißt, weil du sie so sehr vermisst.

Es ist nicht schön, dass du dir nach dem Essen den Finger in den Hals steckst und dir jedes Mal auch ein Stück Seele aus dem Leibe kotzt.

Es ist nicht schön, dass du dir gleich wieder eine Nase ziehst, weil du sie brauchst, aber in deinen Liedern über die Freiheit singst.

Es ist nicht schön, dass du dich schämst, wenn du dir selber mal was Gutes tust. Dir ganz allein.

Es ist nicht schön, dass du aus schlechtem Gewissen heraus handelst und Versprechen machst, die du nicht halten kannst.

Es ist nicht schön, dass er eine andere gevögelt hat. Mehrmals. So eine verhurte, hässliche Bitch! Es ist nicht schön, dass du dich deswegen so wertlos fühlst wie Scheiße und sowas von entwürdigt. Es ist nicht schön, dass er jetzt vor dir steht und dich mit diesem Blick ansieht, von dem ihr beide wisst, dass du ihm nicht widerstehen kannst.

Es ist nicht schön, dass du Angst vor der Welt hast, weil du zu viel fernsiehst und deinem Nachbarn nicht traust, denn ihm wächst ein Vollbart. Scheißhipster!

Es ist nicht schön, dass sie dich in der Hand haben und du nicht weißt, wie du da wieder rauskommen sollst.

Es ist nicht schön, dass du glaubst, dieses Leben hat dir nichts mehr zu bieten, darum bewegst du dich nicht weiter, starrst leblos auf den Bildschirm.

Es ist nicht schön, dass du zu oft dagegen bist und zu selten dafür.

Es ist nicht schön, dass du ständig *ja* sagst und niemals *nein*. Und umgekehrt.

Es ist nicht schön, dass du dir dein Leben hast planen lassen und jetzt feststeckst in dem Irrgarten, den sie dir einpflanzten, mit den meterhohen Erwartungsbäumen und den Sorgenwolken am Himmel.

Es ist nicht schön.

Aber du.

Du bist schön.

SCHNURSTRACKS IN DIE FREIHEIT

I'm an absolute beginner
and I need to commit
I wash it you kick it and spoil it with dirt
nevermind I've got two faces and one of it hurts
what a dirty shirt...[15]

Sie kaufte sich einen Dildo, weil ihr jemand was von Selbstliebe erzählt hatte. Ein Versuch war's wert. Sie wusste es nicht besser und es war besser als Nichtstun. Viel Scheiße passiert in ihrem bisherigen Leben, viel Ärger, viel Kram und Selbstmitleid. Aber auch gute Zeiten, immerhin. Der Dildo war ein Anfang.

Jetzt ist sie dreißig und hat dieses Zipperlein, will aber nicht zum Arzt. Der stopft sie seit jeher mit Pillen zu, die noch nie geholfen haben. Auf Dauer. Nein, sie will es jetzt anders versuchen. Warten, sich gesünder ernähren, vielleicht die Ernährung komplett umstellen und den Optimismus wagen. Denn das Wissen hat sie mittlerweile: *Du bist, was du isst. Und du bist, was du denkst.* Und sie merkt immer öfter, dass das auch stimmt. *Dieses ganze Mehr-auf-sich-achten, also das macht schon was mit einem.*

Sie fing an, sich selbst noch mehr Aufmerksamkeit zu schenken. Kleinigkeiten, aber immerhin. Und sie fing an,

---

[15] Guano Apes: »Wash it down« (1997)

sich selber öfter zu verzeihen und ihn zu akzeptieren, ihren Schatten. Die tiefsitzende Wut, festgekrallt in jeder einzelnen Zelle. Die Narben auf dem Herzen. Und die Gedanken. Immer hatten die anderen Schuld, die kranke Gesellschaft, die Eltern, die Männer und der *Sex and the City*-Brainwash-Fuck. Das Frausein. *Jetzt müssen wir alles. Kinder kriegen und Karriere machen und regelmäßig vögeln und gut aussehen. Wie soll das funktionieren ohne Urvertrauen und Selbstwertgefühl?*
Das versucht sie hinter sich zu lassen, zu verzeihen. Eine der schwierigsten Disziplinen.
Und plötzlich war da dieser Moment der völligen Unzweifelhaftigkeit, in dem ihr bewusst wurde, dass sie stirbt.
Sie stirbt.
Nicht wegen dem Zipperlein, das wirft sie so schnell nicht aus der Bahn. Und bis es wirklich vorbei ist mit diesem Leben, da ist noch genug Zeit, das weiß sie. Und trotzdem, diese kristallglänzende Klarheit wie das magische Leuchten einer Galaxie: Sie stirbt. Tag für Tag. Und sie muss sich entscheiden. Wut oder Liebe? Liebe oder Wut?
Heilung?
Ja, da war dieser Moment der Klarheit. Glücklicherweise hatte sie keine Angst, als er sie überkam. Glücklicherweise spürte sie es: sie war auf dem richtigen Weg. Sie spürte die Liebe. Die wahre Liebe. Zaghaft zwar, aber

immerhin. Ja, sie wollte lieben und begann noch einmal von vorne. Bei sich selbst. Ohne den Dildo.
Und die Moral von der Geschichte?
Finde es selbst heraus. Diesen Weg musst du für dich allein beschreiten. Das kann dir niemand abnehmen.
Wer bist du? Was sind deine Stärken und was deine Schwächen? Was ist dein Licht und was ist dein Schatten? Glaubst du an dich? Akzeptierst du dich? Liebst du dich? Bist du dir deiner selbst bewusst? Tut es weh und du tust nichts? Was denkst du den lieben langen Tag?
Jedes Zipperlein hat eine Bedeutung. Dein Körper schreit. Vielleicht brüllt er sogar. Er will dir halt was sagen. Wie so ein Baby. Das kann auch nicht reden, aber irgendwie verständigen muss es sich, beim Versuch zu überleben. Und wenn es schreit, dann hat es was. Vielleicht ist es sauer. Wo wir auch schon beim Thema Säure-Basen-Haushalt wären. Aber das ist eine andere Story.
Das Baby schreit: *Kümmere dich um mich! Schenk mir Beachtung! Bleib bei mir!*
Genauso wie dein Körper. Und ein Baby ist doch nichts anderes, als ein Körper, herangewachsen in einem anderen Körper, entstanden durch die Verschmelzung zweier Körper. Eine Hülle, die das schützt, was darin verborgen liegt und im ewigen Kreis von Hülle zu Hülle wandert, bis…
Ja, bis wann eigentlich?
Bis zur Heilung.
Jetzt ist dein Geist gefragt.

Achte auf deine Gedanken.
Jederzeit.
Verzeihe und akzeptiere.
Entscheide dich.
Für dich selbst.
Stell dich unters klare Wasser.
Heile dich.
Du hast es dir verdient.
Und dann *schnurstracks in die Freiheit.*

NO-FICTION REMIX

*die längst verlor'n Geglaubten
Werden von den Toten aufersteh'n*[16]

Im Moment bin ich glücklich und ich erkenne, ich will es bleiben. Netter sein zu mir selbst und zu den Menschen, die ich liebe. Ich will nicht mehr nur so tun - bei denen, die mir im Grunde nichts bedeuten. *I don't wanna give a fuck anymore*, darüber was sie über mich denken, in welche Schubladen sie mich packen.

Meine innere Stimme weist mir den Weg. Sie kennt jede Antwort. Meine Aufgabe besteht darin, ihr zuzuhören, zu lernen. Und ich durfte bereits lernen. Zum Beispiel, dass meine Gedanken für meine Gefühle verantwortlich sind. Für mein Verhalten. Für den Lauf meines Lebens. Und ich mache mich frei. Ich bin unendlich dankbar.

Und du?

Ich habe mir erst vor kurzem verziehen, dass ich mich in gewisser Hinsicht so von dir habe beeinflussen lassen. Ich habe dir verziehen. Alles. Du bist mein Schatten, doch auch mein Licht. Tief in mir wirst du ewig schlummern. Ich liebe dich, trotz allem. Ich bewundere dich und schätze dein Talent, dem ich nacheifere. Alles

---

[16] Ton Steine Scherben: »Land in Sicht« (1974)

was ich tue, tue ich im Grunde wegen dir. Ich entspringe deiner Quelle. Deine Anerkennung kommt stets tröpfchenweise. Daran habe ich mich gewöhnt. Ich verlange nichts. Ich lasse los. Nur eine Bitte bleibt: Hör auf, dich selbst kaputt zu machen und diejenigen, die dich lieben. Sei so zu mir, wie ich zu dir sein soll. Ich will es ja auch versuchen. Gemeinsam können wir es schaffen.

Und du?
Bleib so, wie du bist, denn so, wie du bist, bist du das Beste. Vertraue endlich auf deine innere Schönheit und hör auf, dich zu sehr über die äußere zu definieren.
Trau dich! Trotze den Normen dieser Gesellschaft. Sei und bleib rebellisch. In der Liebe. Im Leben.

Und du?
Bitte tu dir selbst mehr Gutes. Wenn du dir selbst nur ein Viertel so viel Gutes tun würdest, wie du es den Menschen um dich herum tust, das wäre schon gigantisch. Du kannst mir nicht helfen, wenn du dir vorher nicht selbst geholfen hast. Ich will dich nicht verlieren. Bitte sei gut zu dir, lass dich nicht unterdrücken.

Und du?
Manchmal glaube ich, du spinnst! Du liebst mich mehr, als ich mich selbst leiden kann. Und dann wage ich es - in meinen regelmäßigen Anflügen von Selbstzerstörung - unsere Liebe immer wieder auf die Probe zu stellen. Ich

danke dir von ganzem Herzen, dass du das nicht zulässt. Du bist tapfer, glaub mir. So viel Stärke hast du, dass du dem standhältst und trotzdem Schwächen zeigen kannst. Bei dir kann ich sein, wer, wie und was ich bin. Keine Wünsche, keine Vorwürfe mehr.
Bleib so, wie du bist mit mir.

Und du?

LESEEMPFEHLUNG

WURZELBEHANDLUNG – DEUTSCHLAND, GHANA UND ICH

Wie ist es so in Afrika? Mit Ende zwanzig reist Esther zum ersten Mal nach Ghana. Im Heimatland ihres Vaters will sie ihre Familie kennenlernen und ihrer Identitätssuche ein Ende bereiten. Doch nicht alles läuft so, wie erhofft. In Tagebucheinträgen und Reiseberichten hält sie ihre Erlebnisse und Eindrücke fest.

Wurzelbehandlung - ein Buch präsentiert von KrauseLocke ®